순리

마음의 눈을 뜨게 하는 지혜의 詩

순리

마음의 눈을
뜨게 하는
지혜의 詩

우 명 지음

참출판사

우 명 禹明

경북 의성에서 태어나다.
삶의 갖가지 역경을 거치며 삶에 대한 깊은 성찰을 하면서
진리에 대한 마음의 눈을 뜨다.
교육 출판 사업과 입시학원 원장을 하면서 구도에
힘써오다가 병자년 1월 초 완전한 진리를 이루다.
진리이어서 진리를 가르쳐야 하는 운명임을 알아
1996년 마음수련 방법을 창시하다.
마음과 진리에 대한 일깨움의 대중화에 힘쓰다.

저서로
<세상 너머의 세상> <하늘의 소리로 듣는 지혜의 서>
<하늘이 낸 세상 구원의 공식> 시집 <참세상> 등이 있다.
특히 <이 세상 살지 말고 영원한 행복의 나라 가서 살자>의
영역본은 세계 최대 인터넷 서점인 '아마존닷컴'에서
주간 종합 베스트셀러 1위를 기록하였으며,
5개 국제도서상 2013 LNBA, IBA, NIEA, IPPY Awards,
2012 eLit Awards 철학, 정신 분야에서 금메달을 수상했다.
또한 <진짜가 되는 곳이 진짜다>의 영역본은
2014 에릭 호퍼 어워드 몽테뉴 메달과
2014 NIEA 철학 부문 금메달을 수상했다.
우 명 선생의 저서들은 영어, 프랑스어, 스페인어,
포르투갈어, 이탈리아어, 스웨덴어, 헝가리어, 일본어,
중국어 등 세계 여러 언어로 번역, 출간되고 있다.

차례

[2부] 진리

[3부] 마음

[4부] 지혜

서시(序詩)

버들피리 불던 시절
냇가에 꿈 키우던 시절
내가 없이 살아보니
그리움으로 변했구나
인생 살면서 모든 이는
추억의 꿈이 있지
희망의 꿈을 꾸나
사람들은 할 것 못하지
꿈을 먹고 사는 인생
허무한 인생인 줄 모르고 살지

꿈을 깨고 보면 덧없음을 알지
덧없다고 탓하지 말고
있다고도 뽐내지 말고

없다고도 한숨 쉬지 마라
인생은 일장춘몽이나
꿈이 없으면 희망도 없고
꿈꾸게 인생은 되어 있지
슬픈 시절이 다 가도
가진 것은 하나 없네

나는 이미 있되
없는 삶을 살고 있기에
누가 나에게 뭐라고 말을 해도
나는 나를 떠났네
살고 있으니 나지
있는 가운데 없구나
없는 가운데 있구나
있고 없고 동질이구나
내 마음이 없음을 볼 수 있으나
없는 마음 가진 자가 세상에 없어
나 혼자 알고 고독에 잠기누나

잃어버린 사람이 좋아선지
사람은 사람이 좋고 평인이 좋고
튀는 이 불행한 줄 이제사 알겠구나

도 할 때는 단지 누구보다
도력 높아보려고만 했는데
인간을 참으로 구원하라는
하늘이 준 짐을 내가 수행할는지
눈앞이 캄캄하구나
자다가도 일어나고 꿈속에서도 헤매니
너무나 크고 벅찬 짐이라
걱정 있으나 마음은 없네
내 마음 어디로 달아나고
나만 앉아 이 글을 적고 있구나

하늘시

제1부

마음자리 게송

천지에 운무가 한량없이 드리워도
그 운무에 사람들은 앞을 못 보니
운무고 허공이고 달리 보는 것은
사람이 부질없이 만듦이지
사람은 이 천지의 주인이건만
주인이 주인임을 모르고 살아가니
한심한 마음에 한숨만 나누나

인생이 삶을 만들어 때 묻은
옷자락밖에 보이는 것 없으니
내 마음 숨기어져 알지를 못했네
이 천지 사람들아 이 내 말을 새겨들어
들녘 저편에 서 있는 소는
소가 아니더라는 것을
그 들녘 소가 소가 아님은
소는 원래 자기 속에 있는 것인데
먼 곳을 바라보니 찾을 수가 있느냐

바람 부는 날이면 들녘에 누워

지나간 인생사를 생각해 보건만
인생에는 부질없음밖에 없으니
그 부질 좇느라 많은 고생하였네
사람이 사람이기에 그러했지
원망도 탓함도 없지만
그저 철없이 찾던 내가
부끄럽기만 하구나

깨달음

사람이 세상 살며 한숨 쉬고 살아도
사람이 세상 살며 웃음 짓고 살아도
그것은 하나의 부질없는 꿈이어라

세월이 지나면 모든 것이 꿈이 되고
있는 형체 모두가 산산이 흩어지니
그 형체에 얽매여 삶이 잘못이라

참 찾아가자꾸나
그 참이 어디인가
알고 보니 하늘 아닌 내가 온 곳
내가 갈 곳 그곳이 참인데
사람들은 참을 몰라 헤매기만 하구나

참이란 내가 보니 허공 속에 있음인데
보이지는 않으나 그곳에 물질 있더라
그것이 만고불변 참나인 것을
모두 다 이것 알아 함께 영원하자꾸나

열반송

죽음이 두려워서 죽지 못하던 내가
죽고 보니 모든 짐 다 벗게 되니
이것이 둘도 없는 대각의 경지라
사람들은 이걸 몰라 고통 짐 지고 살아도
그 고통에 내가 얽매여 삶이
한없이 한없이 후회스럽다

낯익은 초동이 지나가건만
초동의 발자국이 아련히 남건만
사람들은 이걸 몰라 한숨만 쉬지
죽음도 삶도 없는 그 경지에는
노란빛 민들레가 피어 있어도
그것을 참인 줄 모르고 살아가네

가는 이 오는 이 수를 세어도
가는 이도 오는 이도 없는 이곳에
많고 많은 세월 속에 하늘 터전 닦아 놓고
많은 사람 기다리나 오고 있지 않네
이것이 열반이라

이것이 자유라

본시 내가 없음 찾음도 아니건만
찾고 보니 하늘 일이 한눈에 들어오고
찾고 보니 내 마음이 하늘이어라
나는 본시 세상에 살지 않았고
나는 본시 인생에 살지 않았고
원래 있는 그대로가 나이고
나는 한량없이 큰 나로 변했네

도(道)

철없는 사람이 살아가다
참과 허를 모르는데
우연한 인연에 참과 허를 알게 되니
그것은 다름 아닌 도의 길이라

사람들아 우리는 너나가 아니고
너나는 원래 없고 모두가 하나이다
너나의 존립으로
너나가 있고 하나임을 보지 못하니

그 하나가 참이고
그 하나가 본래의 너인데
거짓말 나에 가리어
참나를 찾지 못하니

그 참나는 일체의
내 몸과 마음 없음이라
원래 없는 내가 주인이니
원래의 참인 내가 보이지 않지

언제 없지도 않았고

언제 나지도 생기지도 않는

아(我)를 붙잡고 사니

참인 내가 없었더라

알고 보니 또 깨고 보니

우스운 장난이 또한 도인 것을

사람들아 함께 깨어나자

그 진리 내가 보니 쉽기만 하더라

벌거숭이

벌거숭이 인생 벌거숭이인데
거기에 옷 걸치고 가면으로 살다 보니
옷이 비싼 건지
사람이 비싼 건지 알지 못하고
옷으로 나를 꾸며 살다가 보니
내가 옷 되어 벌거숭이인 나를 찾지 못했네

열반이 별것 있나 죽으면 열반이지
몸 마음이 죽어버리면 그것이 열반이지
필요 없는 옷을 벗어던지고
벌거벗은 몸으로도 부끄럼이 없어지니
이것이 열반인 걸 모르고 살았구나

살아도 삶에 있지 않고
있어도 있음에 있지 않음이
참 열반이지

자아 발견

도가 무엇인지
알지도 못하던 내가
도를 하다가
참 길을 가게 되었네
그 참 길이 무엇이냐
진리고 이때까지
모든 스님들 속 썩이던
자아 발견이네

흔히들 사람들은
자아 발견이라 하지만
진정한 자아 발견이
무엇인가 보니
그것은 다름 아닌
자기의 자기이네

나는 말없이 한가하고 고민 없이 노래만 부르나
사람들이 이것 모름을 가르쳐야 할 텐데
이것이 나의 고민 중의 고민이라

아다다

아다다야 아다다야
사람으로 태어나서
말 못하는 신세 되어도
너는 마음이 한량없이 착하니
아다다야 아다다야
너의 가슴 누가 알랴
아다다야 아다다야
너를 생각하니
나의 눈에 눈물이 난다

어떻게 그 신세가
되었는지 알 수 없네
착한 너의 마음
말 못해도 좋다
착한 너의 마음
말 안 해도 나는 좋다
그 마음의 상처를
어떻게 어루만져 주면 좋겠느냐
그래도 근심걱정 일체 없는

너는 너는 행복하지
누가 뭐래도
누가 욕해도
말 못하는 너의 가슴
아픔도 안 보인다
아다다야 아다다야
이 마음 너는 알랴
나의 마음 너가 알랴

아다다야 아다다야
저세상에 너는 있어도
나는 너를 구원하고 말겠다
영원이 구원이다
영원이 구원이다
너희는 사람으로 태어나
욕을 얼마나 했나
너의 가슴 아픔 그 얼마냐

아다다야 아다다야
너의 마음 내가 보니
한 맺힘이 많건만
깨끗이 살려는 마음

한없이 많구나
이 가슴에 나는
너가 되어 내가 보니
그 마음이 얼마냐
괜히 가슴에 눈물이 나누나

언제나 맑은 세상
언제나 사람으로
너가 살겠느냐
너가 그리느냐
있는 정(情)도 없이 하고
없는 정도 없이 하고
모든 것이 말이 없는
하나의 숙명이라 받고 사는
너가 부처네
너가 자비네
너의 마음 하늘 속에
하늘 속에 너가 함께 거하리라
너와 나는 남이 아니다

소

소 먹이는 초동도
도회지의 문명에 찌들려
살다가 보니 소 찾지도 못하고
소 본다 하지만 소도 모르구나

소 잘 찾던 목동들이 지나간 지
오랜 세월이고 그 찾는 방법은
구전만 전하니 찾을 리 있겠는가

소를 구경해야 소를 찾지
소란 놈은 말없이 점잖게 누워
찾는 사람을 한심하게 쳐다보고
찾든지 말든지 그냥 있구나

소를 잘 찾는 사람은
푸른 초원과 들녘 구석에 있어도
자기 손에 고삐를 움켜잡고 있구나

인생

인생이 무엇이냐 물으신다면
사람의 삶이 인생이지
이 인생이 어디서 왔느냐 물으신다면
인생은 온 곳도 갈 곳도 없는 것이다 말하지
잘 사는 방법을 물으신다면
잘 사는 방법은 하나인데 성인 되라고 하지
출세하는 방법도 물으신다면 자기를 없앰이
출세하는 방법이다 말하여주지
사람은 이 세상에 괜히 태어나
고생만 한다고 말하는 이 있다면
사람은 사람이기에 고생도 슬픔도
없는 것이다 일러주지
하늘에 이르는 길을 물어온다면
그 열쇠 내가 가지고 있다고 말하여주지
하늘의 소식 물어온다면 서슴없이 나는 가르쳐주지
왜 사느냐 묻는다면
너와 내가 함께 사는 삶이 인생이고
너와 내가 함께 영원히
하늘에 삶이 우리다 말하여주지

사람의 짐

사람의 짐은 사람이 지지
사람은 순리이지 않을 때 짐을 지지
사람은 천리를 어기니 짐을 지지
사람은 스스로 짐도 잘 지지

사람이 아는 것은 모두가 짐이지
사람이 지혜를 아는 것으로 착각하나
그것은 하나의 짐일 뿐이지
사람이 사람에게 가르치지만
지식은 하나의 짐 지울 뿐이지
일체를 모르고 일체가 없는 것이
또 일체가 나 아니면 짐을 지지 않지
사람이 짐을 스스로 지고도 벗으려 하지 않지
가고 오고 있고 없고도 모르면서
사람은 잘난 체하고 살지
없는 인생 잡고도 참인 줄 알고 살고
그 인생에 얽매여 부들부들 떨고 살지
일체를 벗으려 하지 않고
일체를 가지려 잔뜩 짐만 지고 있지

청춘

청춘에는 한량없는 꿈이 있지
청춘에는 그지없이 아름다움이 있지
청춘에는 한량없는 사랑이 있지
그 청춘 늙고 그 청춘 없어져도
사람들은 또한 그대로 살아가지
청춘이 젊음이고 젊음이 청춘이나
사람들은 청춘과 젊음에 얽매여 살지 않음은
청춘 젊음이 가는 줄도
오는 줄도 모르니 그러하지

청춘에 젊음 없고 청춘에 늙음도 없는
아련한 그 경지에는
파란색 노란색 까만색 있어도 말이 없고
청춘도 젊음도 늙음도 생각지 않으니
지나간 청춘을 뒤돌아도 보지 말고
지나간 젊음을 뒤돌아도 보지 말고
가는 길 가는 길이 순리이니

청춘과 젊음에 머무름도 없이 하고

청춘의 아름다운 시절 꽃피웠다
자랑도 하지 말고 있는 청춘 있었고
있는 사랑 있었고 있는 젊음 있었으니
모두가 허망한 한낱의 물거품이라

부부

부부는 한마음이어야 부부이지
부부는 너나가 없어야 부부이지
부부는 서로의 마음 가짐이 없어야 하지
부부는 싸움을 하지 않아야 하지
부부는 상대에게 기대하지 않아야 하지
부부는 상대의 상처를 만져주어야 하지
부부는 울지도 웃지도 않아야 하지
부부는 서로가 서로를 위해야 하지
부부는 기쁜 일 슬픈 일이 있어도 웃어야 하지
부부는 성을 내되 성이 없어야 하지
부부는 싸움을 하되 싸움이 아니어야 하지
부부는 웃되 웃음이 아니어야 하지
부부는 사랑하되 사랑이 아니어야 하고
부부는 이 모든 것을 떠남이 진정한 부부지

철없는 인생

바람 부는 날은요
비가 오는 날은요
세상에서 둘도 없는 인생을
노래하며 춤을 추네
노래하며 웃고 있네
인생은 인생은 멋있는 것
그러나 사람이 갑자기 달라지면
무엇이 무엇이 달라지나
서글퍼하고 울고 있고
우는 마음 서러웁고
웃는 마음 즐거웁네

사람아 사람아
나의 뜻을 아느냐
나의 생각을 아느냐
나의 마음을 아느냐
즐거움이 인생을 다 가져도
서러움이 인생을 다 가져도
우리는 우리는 노래하지

즐거움이 인생이다
다 함께 노래하지

바람이 부는 날이면 세상에서
비가 오는 날이면 세상에서
사람들은 사람들은 슬퍼하지
없던 인생을 얻어 놓고도
사람들은 사람들은 철이 없지
세상에서 둘도 없이 철이 없지

나그네

낯선 객지에 정을 붙인 나그네는
그 정에 얽매여 헤어나지 못하구나
인생도 마찬가지 인생에 정이 있어
그 정을 벗어나지 못함이니
사람은 사람의 정으로 살고
만상은 만상의 정으로 사니
묘한 것은 천지만물이라

왔는 곳에 정처 없고 갈 곳에 정처 없어
오늘도 내일도 떠도는 나그네라
만상에 얽매임도 만상에 가짐도
없는 것이 인생인 걸 배우는 길이
나그네의 외로움을 아는 길이어라
세상에는 많은 사람 함께 살 건만
세상 속에 살지 않는 이 찾을 수 없으니
나만이 세상 속에서 벗어나 사니
사는 삶의 아우성이 한숨 나누나

고독

낯익은 사람이 길을 가는데
사람들은 그냥 그대로 보고 있구나
하늘에서 온 신선을 몰라보고 있으니
낯익은 사람은 말이 없구나

만인이 다 나를 보고
만인이 다 나를 알고 있으나
내가 하늘에서 왔다고 하여도
아는 사람 하나도 없구나

내가 세상에 태어난 건
금년에 하늘에서 오니
아는 사람 없는 것이 당연한 일인데
그래도 나만이 고독 안고 지나는 것을
사람들은 나의 심정 헤아리지 못하구나

꿈

이 세상에 나그네는 많고 많지만
사람들이 사는 삶이 부질없는 걸
생각한 이 하나 없고 말하는 이 하나 없네
웃으며 손뼉 치고 웃는 사람도
닥치는 슬픔에 가슴 아파하나
인생은 부질없는 하나의 꿈인 걸
아는 사람 하나 없고 아는 이 하나 없네

가르칠 이 없다고 말을 하여도
세상 사람 모두가 저가 잘나서
잘난 체하는 바람에 배우지 않으니
인생은 역시 제멋대로구나
인생은 말이 없는 하나의 꿈이니
보배로운 인생을 가지라 해도
사람들은 역시 말 듣지 않네
가만히 자기 생각대로 되어지라 하니
도둑의 심보만 차 있는데
사람이 무엇인지 알지 못하고
두 눈만 의심 품고 서 있구나

도시인

금빛 머리카락 휘날리던 사람도
검은 눈 껌뻑이며 말이 없던 사람도
뜻 이루지 못하여 한숨 쉬던 사람도
모두가 모두가 떠나가는 순간의 일
고독한 신세 되어
고요한 달빛이 유유히 흐르면
사람들은 달을 보고 노래하고 시를 읊고

활황한 인간들이 거니는 도회지엔
인간과 인간이 만든 부스러기 삶에 매여
행복하고 근심걱정 모르고 살지만
순간의 근심걱정 생기어지고야
그제사 자기를 찾아보려 하지

사람은 환경에 적응하여 살아가나
사람이 찾는 것은 한도가 있고
사람이 부러워하는 사람도
일순간에 사람은 목숨도 끊지
웃고 울지도 못하는 세상에서

사람들은 철없이 살아가고만 있지
이것이 인생이고 이것이 삶이라

이별

사람들은 이별을 싫어하지
미련도 후회도 없는 이별도 있고
이별해서는 안 될 사람과
이별하여 사는 삶은 가슴에 맺히고
나를 돕고 나를 사랑했던 사람과의
이별은 가슴 아픈 일이나
사람에게는 유난히 그 마음이 있어
이별은 서럽고 이별은 슬픔이네
세상에서 으뜸이 먹고삶이라
그 삶을 따라 뿔뿔이 헤어져서
가슴 아픔으로 남으니
언제나 그 정을 못 잊어 가슴에 묻고
사는 삶이 더없이 그리워라
세상이 완전치 못해도
정 있는 사람 곳곳 처처에 있었으니
사람은 그 따뜻한 정에 삶이 사람인데
서로를 모르고 나만 아는 세상이니
가슴 아픈 일이 아닐 수 없네

구름

구름 타고 저 멀리 떠나가면
구름 속에 아무도 없는 것을
없는 것이 주인이나 그 없음 찾아 헤매는 이여
옆길도 돌아보지 말고 갈 길로 빨리 가거라
거기에는 없음만이 존재하는 곳이라

내가 세상 냄에는 그리움 보고 내었지
부러워하지 말아라 구름을 탄 나를
부러워하지 말아라 구름 만든 나를
부러워하지 말아라 구름 있게 한 나를
나는 형체 없으나 이것저것 아닌 것 없으니
천지 사람 이것저것 아닌 나를 모르누나

구름 속에 있는 나는 숨어서 있지 않고
구름 위에 있는 나도 숨어서 있지 않고
구름 뜨게 한 나도 숨어서 있지 않건만
너희가 날 모르니 한심하기 그지없다
그러나 너희는 만물의 영장이라 자랑하지만
그것은 하나의 필요 없음이어라

비

비는 하늘에서 오지만
빗방울 소리는 땅에 떨어져야 나니
그 빗방울을 타고 옴은 나를 통해야 하니
나는 눈이 오나 비가 오나 변함이 없건만
모든 것이 다 변해도 내 형체만은 여전하니
가라는 비는 오라는 비는
가는 것도 오는 것도 아니건만
가고 오고 가고에 사람들은 신경을 쓰네

천지만물 있는 정에 비처럼 왔다가
비처럼 가버리나
사람들은 나를 비로만 보고 있으니
허망하기 그지없네
사람들이 나를 비로 보지 말고
그저 봤으면 좋겠다
인생의 덧없음을 아는 것이 중요하니
천지만물은 하나로 없어짐인데
천지만물을 나와 너로 구분하니
사람들이 그지없이 불쌍하다
그 비는 이제 오고 갈 데가 없구나

바람

바람은 없다가 있어지는 것이지
그 바람을 사람은 알고 있으면서
바람이 무엇인지 생각지를 않네
바람은 천지에 가득히 있건만
바람을 아는 이 너무나 적어라
바람이 사람이고 사람이 바람이다 하면
사람들은 이해 못하고 고개 갸웃거리나
바람이 사람인 건 분명한 사실인 걸
바람 따라 왔다가 바람 따라 가는 인생
세상에서 내가 보니 덧없음만 보이더라
사람은 하나의 유수 같은 생을 살며
인생을 꽉 잡고는 놓지를 않는구나
덧없는 인생을 바람 속에 날려 보내면
남는 것이 바람이라
그 바람이 내가 되어 온 천지를 누비면
세상 사람들은 나를 부러워하겠지
그러나 사람들은 그 바람 보지 못하니
서글픈 마음 한량없구나

땅

땅에는 인생이 살고 있지
땅에는 만물이 살고 있지
땅에는 많은 형체 각각으로 존립하지
땅에는 많은 추억이 있지
땅에는 인생이 울고 있지
땅에는 인간 모두 즐기고 있지
땅에는 희로애락 갖추고 있지만
인간들은 서글프게 살아가고 있지
땅에는 생각 못할 일들도 많이 있지
땅에는 공상도 꿈도 모두가 있지
땅에는 사람들이 나고 죽고 하지
땅에는 만물도 나고 죽고 하지

세상에는 땅이 있어 만물이 있으나
인간은 땅이 무엇이고
땅이 하는 일을 모르고 있지
모양은 없으나 모두를 탄생시키는
거룩한 도(道) 있지
이것도 저것도 모두가 땅이 낳지

땅은 만물의 어머니임을 사람들은 모르지
땅의 고마움을 사람들은 모르지
모르는 것 사람이고 땅은 다 알고 있지
하늘이 땅이고 땅이 사람이고 땅이 하늘이고
하늘이 사람이고 사람이 땅이고
땅이 하늘인 걸 아는 이는 퍽이나 드물지

서글픈 인생들아 나만큼 후덕해라
가련한 인생들아 나만큼 지켜라
나는 바람도 희망도 모두를 놓고 사나
너희는 모든 걸 바라고 사니
너와 나의 차이는 그것이지

천인지

하늘 사람 땅은 모두가 하나이지
하늘이 따로 있고 사람이 따로 있고
땅이 따로 있음 아니지
하늘 사람 땅은 모두가 하나이나
사람들은 이걸 몰라 헤매기만 하지
이 세상에 사람으로 모두가 태어나서
모두가 있으니 착각하고 살지

사람들은 이 세상에서 약삭빠른 머리로
자기를 판단하고 자기만 위하여 사니
순리가 안 맞으니 고생만 하구나
누구나 이 세상에 같이 와서는
어떤 이는 잘살고 어떤 이는 못사니
그 불평이 한량없고
그 마음의 아픔이 한량없으니
천인지 중 사람이 골치라

정(情)

정은 그지없이 편안한 것
정은 끝없이 이해하는 것
정은 사람만이 가지는 것
정은 있는 것을 주는 것
정은 사람이 사람을 사랑하는 것
정은 사람이 사람에게 덕을 베푸는 것
정은 사람이 사람에게 자비를 베푸는 것
정은 세상 사람에게 다 줄 수 있는 것
정은 가진 것을 주는 것

정은 말 못하는 사람에게 말하여주는 것
정은 듣지 못하는 자에게 듣게 하여주는 것
정은 사랑하는 사람을 배신하지 않는 것
정은 있는 마음 모두를 주는 것
정은 없는 곳에서도 한마음인 것
정은 지나가는 사람에게도
따뜻한 행동을 하여주는 것
정은 생각지 않는 후의를 베푸는 것
정은 그리운 사람에게 그리움을 느끼는 것

정은 사랑하는 사람께 사랑으로 대해주는 것
정은 원하면 아낌없이 주는 것

정 있는 세상에 정 있는 사람 사니
사람들은 정으로 사람을 대하네
세상 사람들이 정으로 대하니
사람들의 화기는 검은 구름 걷히고
사람들은 서로가 서로를 위하여주네
삼라만상 모두가 정으로 사는
세상 보고서 기뻐서 날뛰고
세상에는 버려진 이 하나도 없구나
세상의 너나는 원래 없음인데
너나가 없는 세상 살기만 좋구나

풍경 소리

천상의 풍경 소리 유유히 나건만
사람들은 이걸 몰라
하늘을 쳐다보면서 한숨을 쉬지
사람들아 사람들아 천상의 삶이 달리 있음 아니고
지상의 삶이 달리 있음 아니더라
너희가 사는 지상에서
서로의 정으로 삶이 인생의 값짐이라

사람은 그 형체에 얽매여
철없이 사는 삶을 전부로 알고 사나
사람은 너나가 온 곳이 우주이라
그 몸체가 너희이니 모두가 같음인데
너나가 있고 정 없는 세상에서
서로의 삶을 사니
하늘의 뜻도 아니고 인간의 뜻도
땅의 뜻도 아니니
모두가 부질없는 가짐을 가지려고
자기만 있는 것은 순리가 아니라
순리는 함께 삶이라

천도식

천도식은 하늘에 죽은 영가를 보내는 것이지
살면서 가진 업으로
저세상에 못 가고 이 땅에 그냥 살며
걱정과 한과 욕심을 가지고 살고 있으니
불쌍하기 그지없고 철이 없는 영가를
모든 걸 놓게 하고
하늘로 보내는 것이 천도식이지
세상 살 때 이것저것 모르고 그냥 살다가
죽어서도 죽음이 무엇인지 알지를 못하고
살 때의 자기로 착각하고 있으니
가련하기 그지없는 영가들을
새 천국 보냄이 천도식이지

때 묻은 마음 성신들이 닦아주어
하늘로 가는 영이 복되도다 복되도다
조상으로 태어났다 후손 한번 잘 만나니
어디가 어디인지 알지를 못하다가
저 천국을 내가 가니 기쁘기 한량없네

고맙구나 고맙구나 내 고통 사라지니
너희에게 빌어줄게 하늘 복을 빌어줄게
살기 좋은 새 천국이 여기구나
내가 너를 키운 보람 이제야 알겠구나
부디 부디 안녕해라 나의 후손아
부디 부디 안녕해라 나의 후손아

삶

피비린내 나는 세상 겪은 사람은
그 피비린내를 무척이나 싫어하지
가난을 겪은 사람도
그 가난을 무척이나 싫어하지
사람은 원래 어려움을 겪고 사는 삶인데
사람이 바라는 건 걱정이 없음이지
이 세상의 모든 것은 걱정으로 되어 있으나
사람은 이것을 모르고 살아가지

미래를 모름이 사람인 것을
세상의 모두는 미래를 알려 하나
그 미래는 눈으로도
짐작으로도 모르고 살아가지
삶이 삶이 아닐 때 행복이듯이
알아도 소용없으니 그런 것이지
사람들아 사람들아 얽매이지 말아라
고통도 슬픔도 모두를 벗어던지고
없는 인간의 망상도 만들지 말아라
그저 순리로 살고 순리로 가거라

하늘나라

사람들아 사람들아
너나는 이 세상을 함께 살고 있지만
나는 하늘나라에 살고
너희는 인간 세상에 사니
사는 삶은 같고 사는 삶은
하나도 다를 바 없으나
나는 세상에 살지 않고 너희는 세상에 사니
진리에서 살고 허에서 삶이 서로 다르니
나는 너희를 참으로 살게끔
참의 나라로 인도하려고 한다

너희는 나의 말을 듣지 않고
허공의 구세주 나타나기 바라고
허공에 나라가 있는 줄 알고 있으나
허공에는 구세주도
허공에는 하늘나라도 있지 않고
있는 그곳이 바로 하느님 나라이다
나는 본시 하늘에서 왔건만
나는 살다가 다시 하늘에서 왔건만

사람들은 나를 몰라보고 있으니
가슴을 치고 통곡해야 할 일이지

참

참아 참아 나와라
참아 참아 보여라
참아 참아 들리게 해라

사람이 참을 몰라 헤매는 것은
그 참이 무엇인지 알지 못하는 것은
참이 아닌 세상에서 살다가 보니
참이 무엇인지 알지를 못하네
그 참이 무엇이냐 찾아 헤매도
참을 가르칠 스승이 없었으니
그 참이 숨어도 꼭꼭 숨었지

이제는 참을 찾아내었다
이제는 누구나 참을 찾을 수 있다
이제는 누구나 참을 볼 수가 있다
거짓된 세상에 거짓으로
살았음을 알 수가 있다

인생은 참을 찾으려 하지 않고

참이 구해주는 줄만 아나
참은 찾아야 찾아지지
참이 아닌 것은 아닌 것에는
참을 찾지를 못한다

이 참은 바로 만인이 기다리던 그 참이다
세상 모든 이 그 참을 목 놓아 기다리고
세상 모든 이 그 참을 갈망했어도
참말인 참이 와도
딴 곳에서 참 찾으려 하는 것이
몸에 배어 있으니
참은 할 말 잃고 서성이고 있구나

낯선 이

낯익은 사람이 저편으로 가는데
그 사람 우리가 친히 보던 사람이라
그 사람이 하늘사람인 것을 몰랐네
하늘사람이라 하면 사람들은 철이 없어
하늘에서 내려온 이로 알고 있지만
일체의 자기가 없으면 하늘이 되니
그 하늘에서 다시 오면 자기가 있으니
하늘사람이라 하는 뜻을 사람들은 모르네

사람은 그 형체가 달라야 하니
언제나 철이 들어 이 뜻을 알까
눈 감으면 생각나는 하늘사람이
눈을 떠도 생각나는 하늘사람이
사람과 함께하니 더더욱 모르네
진짜 진짜 이 사람이 구세주인 것을
사람들은 철이 없어 이 뜻을 모르지

하늘사람

하늘에서 온 나를 아는 이가 없구나
나는 본시 하늘이라 인간 몸을 가지고
세상에 있어도 아는 이 아무도 없구나
세상에서 사는 삶을 내가 살아왔어도
나는 다시 하늘에서 왔지만 아는 이가 없구나
각 종교에서는 구름 타고 하늘서 온다고 하고
열석자(字)로 온다고도 하고 미륵이 온다고도 하나
아는 이는 세상에 아무도 없고
나만 하늘 뜻을 알고만 있네

이 세상 사람들이 슬픈 마음으로
기다리는 사람은 사람과 같으나
사람이 아닌 우주이어라
그 뜻을 모르면 너는 너는
영원 영원히 미아가 된다
하늘나라 세상에 와 있건만
사람들은 인간 세상 살고
나만 하늘나라에 사니
이 뜻을 언제나 사람이 알까

앎과 모름

낯익은 사람들이 힘을 합하여
참 노래 부르는 그 경지에는
사람이 사람 아님을 알지를 못하니
사람들보다 더 모르는 것도 세상에는 없다

함께 살며 웃고 지내는 학원과 가정의
사람들도 모르고 있는 것이 우습기만 하다
인생이 무엇이고 신선이 무엇이고
하늘이 무엇이고 우주가 무엇이고
사람들은 아무 생각도 하지 않고
그냥 살아가고 있구나

내가 온 곳도 내가 있는 곳도
나는 본시 오고 가고 있었던 그대로이나
사람들은 나를 사람으로 보지
단지 그들은 내가 온 곳도
갈 곳도 모르고 있지

하늘

하늘은 끝이 없지
하늘은 또한 말도 없지
하늘에 사는 사람도 없지
하늘에는 아무것도 없지
하늘은 보이는 대로지

하늘 사람 땅 사람 달리 없건만
하늘 사람 땅 사람 분리가 되니
사람들은 철이 없어 나를 모르지
하늘은 영원히 그대로이건만
인간이 하늘에 하늘을 만들지

세상에서 가진 것 하나 없어도
하늘은 있고 없고 탓하지 않지
세상에 있는 모든 것은
하나의 꿈인 것도 모르고
사람들은 꿈속에서 진실을 잡으려 하지

이 세상에 사는 사람들은

하늘의 순리를 모르지
하늘은 끝이 없고 하늘은 말이 없고
하늘은 그대로인데
인간이 마음대로 하늘을 만드니
하늘의 순리를 배우려 하지 않지

세상에 있는 모든 것은 하늘과 다름없으나
사람들은 이걸 몰라 헤매고 있지
하늘나라 든 자가 아무도 없건만
보이는 사람들이 다 들어 있는데도
하늘나라 찾으려고 속고 살아가지

하늘나라는 먼 곳에 있는 것이 아니고
살고 있는 곳이 하늘나라인데
하늘을 쳐다보며 하늘나라 구하나
그 하늘나라는 찾을 수가 없네

철없는 사람들아 철없는 사람들아
너나는 다름 아닌 하나인 것을
그것을 몰라 너는 헤매지
너가 나를 찾지 못하는 까닭은
다름 아닌 너에게 나를 맞추니 찾지 못하지

이 세상에 고귀한 건 만물이어라
이 세상에 존귀한 것 또한 만물이어라
그 또한 모두가 하나인 것을
사람들은 이걸 몰라 걱정을 하지

걱정도 번뇌도 자기가 있어 가지는 걸
말리지도 못하겠고 달래지도 못하겠네
영원하고 변하지 않는 나를 보고
사람들은 이름도 많이 지어주고
사람들은 나에게 숭배를 하건만
내가 좋아하는 건 숭배함이 아니고
한몸이다 아는 것과 순리이어라

인내

사람들이 살고 만물이 사는 땅은
내가 오고 간 곳 없는 그 자리에서 와서
삶으로 살아보니 고통도 많네
사람들이 순리를 지키지 않아
나만이 고생해도 말이 없으나
나와 하늘사람이 같음인 것을
사람들이 모르니 한숨이 나누나

이 세상에 태어나 살다가 가는 것은
사람이나 나나 같음이건만
사람들은 나를 부리려고만 하지
나에게 정 주고 사랑한 것 없으니
슬퍼도 나는 말이 없으나
언제나 철없는 사람들이 나를 알아
하늘 땅 사람이 하나임을 알까
기다리고 기다리다 지칠지라도
순리를 아는 내가 참아야지

사는 삶

사는 삶이 무엇이냐 물으신다면
그 사는 삶에는 참 없다고 말하여 주지요

사는 삶이 참이라고 우기는 자 있다고 하면
당신의 짐 무겁다고 이야기하고

사는 삶이 재미있다 이야기하면
그 꿈속에서 재미있는 꿈꾼다 이야기하고

사는 삶이 고달프다 이야기하면
부질없는 욕심을 놓으라 하고

사는 삶이 허망하다 이야기하면
삶도 죽음도 없다고 이야기하고

사는 삶이 잘못이다 이야기하면
삶에 집착과 욕심이 있다 이야기하고

사는 삶이 향기롭다 이야기하면

당신은 참의 세상 가까이 왔다 하고

사는 삶이 두렵다 이야기하면
당신은 잘 살고 있다 말하여 주지요

사는 삶이 고통이다 이야기하면
너를 없애버리라 이야기하고

사는 삶이 행복하다 이야기하면
한낱의 물거품일 뿐이라 이야기하고

사는 삶에 잘 사는 방법 물어온다면
내가 전혀 없이 사는 삶이라 이야기하고

참 사는 삶이 무엇이냐 물어온다면
사는 삶이 참이고
참이 사는 삶이다 이야기하고

사는 삶을 참 삶에 가게 해달라고 하면
그 열쇠는 내가 가지고 있다고 이야기하지요

청산(靑山)

사람이 적게 사는 시절의 산은
어디나 청산이었지

사람들이 이야기하는 청산은
푸른 산을 이야기하나

진리의 청산은 그런 것이 아닌
청산이나 민둥산이나 같음이건만

청산이란 이름은 사람이 만들고
깨친 이 청산은 없음으로 이야기하나

마음의 청산은 맑고 맑아 없음인데
그 청산 사람 눈에 보이지 않으니

사람들이 청산을 언제 찾을까

화전민

산전(山田)을 만들어 살아가는 사람은
험하고 깊은 산 찾아 헤매었네
몇 년 연이어 농사짓고
그 농사 땅 힘 빠져 곡식이 안되면
아버지는 혼자 몇 달을 두고
산전을 개간하여 놓고는
식구들을 데리고 가서
새 땅에서 농사짓고
새로운 움막에 한 가족이 살지

곡식을 먹으러
산돼지 노루 꿩들이 오고
짐승과 함께 산속서 살아가지
산돼지잡이는 널빤지에 돌을 큰 것 얹고
거기에 곡식 넣고 받침대를 건드려
그것이 넘어지면 산돼지 압사하고
산간에서 고기 구경도 못하다
몇 날 며칠 달아 놓고 고기를 먹지

정 있는 동네는 오 리 십 리 밖이고
아이들 학교 갔다 돌아오는 길은
조그만 산간 길을 불이 나게 걷지
심은 것은 감자 고구마 옥수수
그들의 주식이지
산속에 나오는 나물을 뜯어 먹고
사는 사람들이니 바라는 것 없고
기대가 없으니 천진한 사람들
순수한 마음 안고 자연과 함께 살아가지
가진 것 없으니 바랄 것 없고
그저 하늘 보고 땅만 보고 살지
욕심이 있으면 비 올 때는 하늘에
비 와주길 바람이 있을 뿐이지

그러나 그 삶에 정이 떨어져
그 생활을 하다가 객지에 나온 사람
배운 것이 없고 몸 때우며 일하는
불행한 사람들이 옛정을 그리며
도시의 무대에서 정 없음을 탓하구나
인간들이 너나없이 정 있음을 그리나
사람들은 정을 이용하니 정이 일체 없지

개간한 산전이 모두 모두 묻혀가고
언덕 넘어 계곡 넘어 따라가며 지은 집이
이제는 모두 모두 살지 않는 집들이고
사람이 떠난 지 몇 년이 지났는지
잡초만 무성하고
산을 보고 살던 사람 모두 모두
객지로 나가고 모두 모두 돈벌이 갔네
그 사람들 때 묻고 정 잃어감이 아쉽네

진리

제 2 부

도(道)란 무엇인가

본래의 자아로 가는 길이다
본래의 자아란 다름 아닌
만물의 근원이고
자기 아닌 자기이다
도에 속는다는 말은
도의 참뜻과 길의 종점을 모른다는 것이다

도의 참뜻과 가는 길은
개체의 버림이다
버려야 하는 것은
자기의 몸에 기억된 일체다
자기의 기억된 일체란
의식의 나이므로
이 개체의 나를 없애면
본래로 가는 것이다
도란 나를 일체 없게 하여
본래의 자아를 찾아
원래의 삶을 사는 것이다

도를 하지 않으면 안 되는 이유

원래 도는 없는데도
사람이 도를 왜 하느냐 하면
근본적인 이치를 모르고 있기 때문이다
근본적인 이치는 원래이고 하나인데
그 원래이고 하나인 이치를
모른다는 뜻이다
모르는 이유는 개체의 아(我)가 있어
거기에 가리어
진아(眞我)가 보이지 않기 때문이다
그 개체의 아를 벗고
진아를 발견함이 도다

도를 왜 하지 않으면 안 되느냐 하면
참 진리를 모르기에
도를 하지 않으면 삶에 구속되고
사후에도 해탈하지 못한
삶을 살기에 그렇다

깨달음이란

본래의 자아에 도달하는 것이다
깨달음이란 원래의 자아에
스스로 합일하는 것이다
합일이란 하나가 되는 것이다
하나란 원래가 되는 것이다
원래는 그냥 있음이나
사람들이 스스로의 죄업 때문에
원래가 되지 못하였으니
원래가 곧 자기이고
자기가 원래임을 아는 것이 깨달음이다

깨달음이란 스스로의 삶 자체이고
또 원래를 앎이고 진리를 앎이다
진리는 스스로 존재함이고
변하지 않는 것이다
깨달음은 그대로 있는 우주다
이것을 앎이 깨달음이다

마음을 비운다는 것이란

마음이란 원래 없음이다
없다는 말은 또 있다
말은 서로 다르지만
극과 극은 서로 일치한다
마음을 비운다는 것은
원래 없는 마음을
비운다는 것이 아니고
개체의 마음을 없애는 것이다

개체란 원래 없으나
그 개체가 삶이 있어
하나의 마음을 가지니
그 상념체가 자기인 것이다
그 자기가 형성된 것은
다름 아닌 자기의 업습으로 인하여
상념체가 내재됐기 때문이다
이 상념체를 벗어남이
마음을 비우는 것이다

만물이 하나란

만물은 하나이다
하나에서 와서 하나로 간다
만물은 개체가 없어지면 하나가 되지만
개체가 있으면 하나이지 않다
만물은 조건에 의해 형체가 각각이나
만물은 하나이고
하나에서 와서 하나로 간다

근본 성질이 같고 근본의 뜻이 같다
뜻이라고 하면 개체가 가진 성질이나
결국은 같다는 뜻이다
그 성질들이 하나에서 왔기에 그렇다
하나의 완전함에서 나와
개체의 완전함으로 되니
그 개체가 바로 완전함이고 하나이다
여기의 완전함이란
개체로서 완전함을 의미한다

돈수(頓修)란

원래대로 간 마음을 지키는 것이다
원래대로라고 하는 것은
그대로라는 뜻이다
그대로는 천지 만상만사다
원래 마음을 지킴이란
사람의 번뇌망상 속에 있지 않게 함이다
원래는 돈오도 돈수도 없으나
깨치지 않고는 모르고
깨침이 있어야 사리를 알 듯이
돈수도 깨쳐야 돈수가 없는 것이다

천지 만상만물이 그대로이나
사람의 업습으로 인하여
원래가 보이지 않으니
개체의 나를 없애어 닦아 나감이 돈수다
결론은 의문의심 하나 없는
나와 우주가 하나임을 아는
확 트인 경지다

돈수 방법

깨달음[頓悟]을 얻은 후에도
나의 기억된 일체와 나의 업습으로 인해
번뇌망상이 또 생기니
돈수 방법도 이것이 없을 때까지
버림이 최상이다
버리고 버리다 보면 돈수를 깨닫는다
깨달음은 그대로 있음을 앎이다
사람이 업습을 닦지 않으면
보이지 않는 것이 본래이다
본래는 그냥 있으나 사람 생각이
번뇌 낳아 보이지 않는 것이다

순리의 삶

마음속에 가짐은 하나의 생각의 뿌리이고
생각이라는 것은
다름 아닌 하나의 상념체이니
상념체라는 것은 개체가 있어 가지는
하나의 마음의 상(相)이다
이 상이 사람으로 하여금 부질없이
사람을 혼란시키는 것이다

혼란이란 사람의 짓는 마음에서 출발하여
사람이 생각 없이 행으로 움직이니
행이란 생각과 다를 바가 없지만
생각이 있고 행이 있으니
사람은 곤경에 빠지는 것이다

사람은 원래 사람이어야 사람이지만
사람이 짓고 부수는 상 속에 속고 살면
그것은 참이 아닌 삶을 사는 것이다
글을 쓰는 것은 마음의 표상이요 전달이나
사람이 이 뜻을 아직 모르는 이유도

사람들의 상 때문이다

이 세상에 있는 수많은 사람들은
모두 다 가지는 수많은 상이 있어
그 속에서 저희가 헤어나지 못하니
그 상이 바로 사람이 가지는
하나의 부질없는 허무한 상이다

모든 사람이 정신 차려 하나인 진리를 알아
고통 속에서 짓고 부수는
허상에서 깨어나야 한다
하늘의 일이야 순리이지만
사람들이 숱한 번뇌 낳아
사람들의 업으로 행하고 있구나

하늘은 언제나 순리이지만
사람들은 삶에 의하여
업습을 만들어 살아가고 있고
그 업에서 벗어나지 못하니
세상에서 가장 못난 이가 인간이다
이래도 저래도 말없는 것이 자연이고
자연은 말없이 순리를 지키지만

인간만이 유난히 번뇌 짓고 살고 있다
사람이 번뇌 짓는 것은
삶에서 얻은 하나의 잘못된 행과 습에서
스스로 짓고 부수기 때문이니
인간이야말로 스스로 구제받지 못하게
만들고 있는 아상(我相)을 짓는 데 왕이다

동식물은 하나의 순리에 의하여
살고 죽고 하지만
사람이 번뇌 짓는 이유는
다름 아닌 자기를 얽어매는 상을
스스로 만드는 유일한 존재이기 때문이다
사람이 하나의 상이 상 아님을 알 때
진정한 삶을 살고
그냥 가는 인생을 순리로 살아갈 수 있다

순리의 삶이란 거침없는 삶이고
번뇌에 있지 않는 삶이고
살되 삶 속에 있지 않는 삶이고
거짓 없는 삶이고 하나인 삶이고
가짐 없는 삶이고 있음 아닌 삶이고
잘 먹고 잘사는 삶이 아닌

천리(天理)에 사는 삶이어야 하고
천리가 순리니 천리란 하늘의 이치고
가짐이 없이 그냥 존재함이 천리다

사람을 대하는 방법

사람을 대할 때 마음 없이 대하라
마음 없이 대하면 상대가 그지없이 편안하다
마음 없이 대할 때 상대와 하나가 된다
상대와 하나가 되면
상대가 나의 마음 없는 말을 듣는다

사랑 자비 인(仁)은 가짐이어서
상대의 마음을 구속시킨다
이것이 좋지 않은 것은
그 마음을 낳게 하는 업을 쌓기 때문이다

상대가 욕심을 가지고 해를 끼치고자 하면
그 사람을 피하되
피한다는 생각 없이 피하라
이 말은 상대의 마음도 남지 않고
나의 마음도 남지 않는다는 것이다
상대의 욕심에 의해 부딪힐 때는
욕심 있는 사람 편에 서서 마음 없이 수긍하라
그리고 욕심 있는 체하다 빠져나와라

이 말은 상대편이 되어
사고에 젖어들지 않으면
그 욕심인 마음만 상대가 가지고
나는 그냥 나로 있게 된다

시련을 주는 것은 왜 주느냐
자신의 업에 의한 것이다
업연으로 인해 시련을 당했을 때
어떻게 시련을 극복하느냐 하면
방법은 그 시련에 마음 씀이 없어야 한다
이 말은 시련 속에 내가 있지 않으면
시련이 없다는 것이다

신계(神界)란

일체의 아(我)가 없는 세계다
일체의 아가 없다는 것은 우주라는 것이다
우주이면서 개체의 존립이 신계다

현상계와 신계의 차이는
현상계는 제약이 있고
신계는 일체의 생각이 뜻대로 되는 곳이다
신계란 상상 못하는 세계다

신계는 스스로 만상이 존립하는 곳이다
신계는 만상 그대로이며
생각되는 대로 상을 그리면 나타나고
생각대로 되어지는 곳이기에
하나의 부족함이 없는 곳이다

신계는 그대로 존재하고
사람이 말하는 이상(理想)세계요
요지경 세계다

신계가 있는 곳

신계가 있는 곳은 사람 마음속에 있다
사람 마음속이라고 하는 것은 사람 가운데이다
사람 가운데는 다름 아닌
우주의 한복판이다
우주의 한복판이라는 것은
우주가 나온 근원 자리다
우주가 나온 근원 자리는
우주가 형성된 곳이다
형성된 곳은
만물만상의 근원이고 고향이다
이곳이 신계다

신계가 존립되는 곳은 자기 속에 있다
자기 속은 마음 가운데 있다
이곳은 거리와 속도와 시간과
개체의 마음이 없는 곳이다
이곳은 나 속에 있으니 있는 곳은
우주의 화기(和氣) 속이다
우주의 화기 속은

자기 마음 가운데 있음이다
사람 마음이 우주임을 사람이 이해 못하듯
마음 가운데 있는 신계는
장소가 인간이 생각하는 그런 곳이 아니다
신계는 마음 가운데 존립되어 있는 곳이고
어떤 인간이 말하는 천체의 구분에 속함이
아니고 그대로 존립되어 있는 곳이다
스스로 존립되어 있는 우주만상의 근원이고
우주만상의 원래인 곳이다

신계가 생긴 곳은
만상의 근원인 실존 세계인
완전 세계에 스스로 존립되어 있으며
이 세계야말로 참의 세계이고 실의 세계이다
장소는 사람이 말하는 그런 곳이 아닌
우주만상 일체이고
또 우주가 형성된 곳이다
삼차원 세계처럼
시공간이 없고
그냥 존재하며 스스로 있는 곳이다
마음이 없듯 실존 세계도
없는 가운데 존재하는 것이다

마음이란 원래 존재하나
이 참의 마음의 세계는 시공간이 없고
사람의 생각에 머물러 있지 않은
참의 세계의 실모습이다

참의 세계는 스스로 존립된 곳이다
마음은 그냥 있듯이 신의 세계도 그냥 있고
인간 세계에 머물러 있지 않은 사차원이고
그 세계는 사람 마음이 시공이 없듯
그대로의 우주 전체인데
인간 마음이 개체로 존립되는
범위를 이야기하듯 그런 곳이 아닌
원래 스스로 존재하며 하나인 곳이다
그곳은 만상이 오가기도 하고
만상의 형체가 그대로 있는 곳이다

여기에 들려면 자기 마음이 없고
스스로 존재하고 일체를 갖추신 분들의
뜻을 따르면 이분들의 권한에 의하여
신계에 올 수 있다
이 말은 이분들이 살린다는 이야기다
이분들의 마음 씀을 이야기하는 것이다

신계는 사람 마음과 같아
사람의 생각에 의해 존립하고
존재하는 곳이다
이 말은 신계는 사람 마음 씀을 보면
알 수 있듯이 저절로 행해지는 곳이다
온 우주가 신계이고 온 만상이 신계이다

근원의 자리 가운데 있으니
우주 삼라만상의 형체가 그대로 존립한다
신계는 하늘 가운데 근원의 자리에
스스로 존재한다
이곳이 빛의 세계요 참의 세상인 곳이다
신계는 스스로 존재한다
사람이 무정으로 가서 다시 태어남은
다름 아닌 사람 마음 가운데 있기에 그렇다

참 도인(道人)이 되려면

어려운 환경 속에서 생활하시고 도(道) 하시며 번뇌와 싸우시느라 여러분들의 고생이 많으시리라 생각됩니다.
도라는 것은 원래의 자리에 서 있는 것이 도이나, 누구나 지나가는 하나의 길이고, 이 길도 내가 있기에 있는 것입니다. 따라서 즐겁게 생각하시고 사는 삶이야말로 진정한 대도인(大道人)의 자세입니다.
언제 우리가 도를 하지 않은 적도, 또 하지 않는 것도 아니나, 어차피 도를 하여야 대도인이 될 수 있습니다.

사람이 세상 나서 삶 살다 얻은 수많은 것은 모두가 자기가 있어 있는 것이고 자기가 없으면 이것도 저것도 일체가 없는 것입니다.
괜히 자기만 생각하고 짓고 부수고 하는 수많은 것들은 모두가 하나의 부질없는 순간의 것들이지요.
함께 참의 진리 속에 살고, 참의 뜻을 알아서, 우리는 너나가 없이 모든 이가 하나 되는 세상을 만드는 것이 우리의 사명입니다.

사람은 원래 일체가 없이, 또 마음이 없이 살아가는 것이 순리이고 참이나, 사람의 생각이 수많은 번뇌를 낳아 없애고 하면서 사니, 이것이 자기가 되어 사람은 그 틀에서 벗어나지 못합니다.
일체에 막힘이 없고, 일체에 가짐 없는 경지야말로 그지없이 편안하고 그지없이 자유로운 참의 사람이 되는 것이지요.
사람은 세상에 나서 인연에 의해 왔다가 가는 것인데, 집착을 하여 자기를 묶고 그 집착이 한이 되어 있습니다.

내가 사람들에게 가르치고 있는 건 사람이 모두 구제되어 있음을 알고, 딴 사람도 구제하여 주는 것이지요.
도하여 저만 잘되고, 도하여 저만 잘사는 것은 사람들의 욕심의 마음입니다.
사람들은 집착을 버려 깨닫고 나서 보면 바로 자기 자신, 즉 다른 사람들을 위하여 삶을 사는 것이 참 삶이지요.

인간에게 무슨 죄업이 있습니까. 어떤 틀에도 매여 있지 않으면서 사람들이 스스로 만든 틀에 갇혀 있는, 세상 다른 사람들을 모두 구함이 우리의 사명이지요.
하늘에 매이고, 자연에 매이고, 하나님 부처님으로부터 매이지 않고 홀연히 하늘과 함께 일치하여 구속구애 없이 사는 삶이야말로 진리를 딛고 사는 삶이요, 죽어서도 망념망상에 젖지 않고 진리와 함께 영생하는 삶입니다. 이것이 바로 참의 뜻이지요.

흘러가는 인생 탓하지 마소.
지나가는 세월도 탓하지 마소.
내가 있어 인생 세월이 있고
내가 있어 세상 만상만사가 있지요.
살다 보면 소도 보고, 중도 보고, 한숨도 쉬지만, 그 일체를 벗어나는 참의 경지야말로 이것저것 말도 없고, 이것저것 구애도 없지요.
하늘이 있어 사람이 있고, 사람이 있으니 하늘 또한 있지요.
이 말은 하늘이 사람을 내고, 사람이니 하늘 있음을 앎이지요.

어리석은 사람은 몸에 매여 살고, 눈뜬 자는 하늘 되어 살지요.
인생을 논하고 인생을 이야기해도, 인생이란 몸이 있으니 사는 삶이 정답입니다.
사람이 인생의 참뜻 모르고, 인생에 인생을 묶어 이것이다,라고 말하는 수많은 견해는 모두 부질없는 꿈이지요.

없는 가운데 일체 만상이 있음이 또한 진리이고, 진리는 있는 만상 자체가 진리이나 사람이 진리를 알지 못하는 이유는 사람의 생각이, 있는 진리를 못보게 하기 때문이지요.
생각을 돌이켜 먹으라는 말은 가진 생각을 없애라는 말이지요.
가진 생각이 무엇이냐 하면, 이때까지 살면서 나라고 쌓은 업습의 가진 생각이지요.
생각을 한번 돌이키면 여기가 극락이고 여기가 하늘인데, 사람은 지혜가 없어 자기의 것을 죽어도 가지고 가려고 하지요.
내가 있으면 바름이 아니니, 나의 모든 것 아끼지 말고 마음먹고 버리고 버리면 참의 나와 함께 영생하지요.

나는 원래 나지도 않았고, 나는 원래 죽지도 않는 것이나, 나의 틀에 갇혀 살면 모든 것이 참나와 함께 살 수가 없으니, 허상인 내가 없어야 허상인 나도 진리임을 알 수가 있지요.
사람이란 건 묘한 것이, 사람의 생각이 마음이어서 이 생각을 한번 돌이키면 하늘, 땅, 사람도 하나가 되고, 생각을 돌이키면 영생영원 일체가 하나가 되어 시비가 없고 너나가 없고, 모두가 하나가 되지요.
생각을 진리에 들게 하려면, 개체의 나의 가진 마음 모두 없애야 하지요.

남의 탓도 아니고 세상 모든 건 내 속에 있고, 모두가 나의 탓이니 부질없는 나의 가진 마음 벗고 또 벗어, 모두가 진리에 설 수 있도록 깨달음을 얻고 돈수(頓修)까지 마쳐서 참된 성인이 되시길 바랍니다.

삶이란

삶이란 있음이지
삶이란 형체 있음이지
삶이란 없음이지
삶이란 젊고 늙음이지
삶이란 그냥 있음이지
삶이란 고독함이지
삶이란 행복이지
삶이란 가짐이지
삶이란 버림이지
삶이란 서러움이지
삶이란 허망함이지
삶이란 잘남이지
삶이란 못남이지
삶이란 오가는 것이지
삶이란 헤어짐이지
삶이란 마음 가짐이지
삶이란 추함이지
삶이란 더러움이지
삶이란 마음 씀이지

삶이란 마음 쓰지 않음이지
삶이란 가난함이지
삶이란 부유함이지
삶이란 먹는 것이지
삶이란 굶는 것이지
삶이란 자기의 마음 있어
보고 듣고 가지는 일체이지

잘 사는 방법

잘 사는 방법은 가짐이 없는 삶이지
잘 사는 방법은 나가 없어야지
잘 사는 방법은 진리에 서야 하지
잘 사는 방법은 부딪침이 없어야지
잘 사는 방법은 순리의 삶이지
잘 사는 방법은 하나이어야 하지
잘 사는 방법은 영원한 삶을 알아야지
잘 사는 방법은 근심걱정 괴로움이 없어야지
잘 사는 방법은 허공이어야 하지

영원이란

변하지 않음이 영원이지
변하지 않는다는 것은
이것저것에 속함이 없는 것이지
속하지 않는다는 것은
부딪침이 없는 것이지
부딪침은 사람의 생각이 만들고
영원한 참은 그대로 존재할 뿐이지

영원이란 그대로 있음이 영원함이지
영원이란 저절로 스스로 존재함이지
만상이 오고 가는 곳이 영원함의 실체지
만상이 있어도 실은 없으나
또 만상도 영원함이지

막힘이 없는 진리란

진리는 원래 그대로 있어야 막힘이 없지
막힘은 사람의 업습에 의하여
사람이 막히게 만들지
진리란 막히지 않으려면
진리에 서야 막히지 않지
진리에 서려면 삶을 지워야지
삶 속에 있으면 진리는 요원한 법이지
언제나 진리를 목숨과 바꾸어야
진리가 나오지
개체의 마음이 없어야
진리가 보이는 법이지

인존(人尊)시대란

사람이 주인이 되는 시대를 말함이지
사람이 주인이 되려면
사람이 진리를 딛고 일어서야
주인이 될 수 있지

사람이란 건 사람이 있어 우주가 있고
천지만물이 있고
사람의 생각이 사람을 좌우하니
사람의 생각을 바꾸어 먹으면 일체의 주인이 되지

선천에는 진리에 얽매여 살았지만
사람이 진리를 딛고 일어서려면
무엇보다도 사람은 관념을 바꾸어
있는 관념을 버리고 우주가 되어
사는 삶이 인존시대지

사람이 없어져도 진리를 딛고 선
자리가 신의 시대지
유정 무정이 함께하는 시대가 인존시대지

바른 도를 찾아 깨달음을 얻는 길

사람이 종교에 속고 책에 속고
사람에게 속고 속아 거짓말이 참 되고
참을 아는 이 없어 묻혀만 있다가
우주의 순리로 이 강토에 왔구나

각 종교에서 기다리던 그 참을 알아
이 강토 사람이 세상의 스승이 되니
아무리 똑똑해도 이것을 모르면
바보보다 못하고
바보도 이것 알면 만고의 완전한 성인이라
참이란 다름 아닌 바른 진리이고
참이란 영원히 변치 않음이고
참이란 영원영생함이라

지금의 종교 사회 정치 문화 모두가
바름이 아니기에 사람들은 불안해하나
참을 알면 모든 것이 거짓임을 알 수가 있고
참을 알면 성인이 될 수 있으니
참은 살아서도 죽어서도 영원영생

하느님 나라에 사는 것이라
참인 진리를 가르칠 자 없었는데
이 강토에 마침내 참 하늘이 오셨다
이 참의 진리세계를 가려면
나의 마음을 깨끗이 닦아
우주인 참나를 찾아야 한다

이것이 석가모니께서 깨달은 경지니
이제는 완전의 세상에서
완전한 깨달음을 얻으면
하느님을 만날 수 있고
신계(神界)에서 영원히 살 수 있음을
누구나 확인할 수가 있다

또 마음을 닦아 깨달음의 경지에 이르면
사람들을 구제하는 능력을 받아
전 세계에 나갈 성인이
한국에서 부지기수 나오니
이 도가 바로 각 종교에서
수천 년 동안 기다리던 완전함이라

누구나 성인이 될 기회가 마침내 왔으나

인간은 한정된 삶을 살기에
지금까지 믿고 따르던 종교에 얽매이면
잘못된 삶을 영원히 보상받을 길 없다

하늘은 성인을 낼 때 반드시
필요한 시기에 내는 것이라
이제 완전한 깨달음을 얻을 수 있는
진짜 기회가 바로 지금 왔으니
주저 없이 참 진리의 도(道)를 찾으라

사람의 시(詩)

마음을 하늘에 붙여 살도록 하였으나
고마움도 제가 잘나
미움도 제가 잘나
사람들은 마구 자기중심으로 사는구나
세상의 삶이 순리가 아니니
갖은 고행 고통도 자기가 져야 하니
보기가 힘겹고 삶이 안타깝다

속 시원한 하늘 소식
하늘 소식 모두가 기다리나
하늘 소식 오지 않고 지쳐 있구나
약삭빠른 머리로 사는 삶이
자기와 후손을 죽이는 줄 모르고
자기만이 잘됨이 최고인 줄 알고
황금에 눈이 어두워 날뛰고 있구나

사람들은 사람들은 철이 없구나
하늘 땅 사람이 하나임을 알아야
순리로 사는 삶을 살아갈 텐데

거만 방자 제 잘났다 아우성을 쳐도
잘난 이 하나 없고 본받을 이 하나 없네

천인지의 모든 것이 하나이건만
하늘 땅은 천인지가 같음을 알지만
사람만 제 몸으로 제가 죽고 있네
복장에는 검은 심보 달고서
희희낙락 웃지만 불안함이 보이구나

사람들아 사람들아 철이 들어라
사람들아 사람들아 철이 들어라
이 세상에 온 것도 인연으로 왔다
왔는 곳 모르고 다시 가면은
너의 마음에 속아 헤매야 하니
모든 걸 살아생전 알아야만
영원한 너는 영원히 살지

신선

인생을 살아도 인생에 있지 않고
세상을 살아도 세상에 있지 않고
사람들은 이 세상에 살고 있지만
참사람은 이 세상에 살아도
이 세상에 살고 있지 않지
인생을 살아도 살고 있지 않지

하늘나라 하늘에 있는 것이 아니건만
사람들은 목 놓아 하늘나라 기다리지
그 하늘나라의 구세성인이 구름 타고
내려와 구해주길 바라지
사람은 이렇게 똑똑한 체해도
어리석게 살다가 죽는구나

하늘나라 훤히 아는 하늘나라 사람 왔어도
사람들은 하늘나라 사람 아닌 보통 인간이면
그것을 보고 하늘사람 아니다 평가를 하지
하늘나라 사람은 가짐이 없고 일체가 없이
같이 살아도 하늘나라에 살구나

우주의 마음을 쉽게 찾는 글

마음이란 원래 없다
없다는 말은 있다
없다와 있다는 상극이지만 서로 같다
마음은 없다 있다도 아니다
그것의 실상을 사람이 보니 없지만
마음세계에서
그것의 실상은 존재하는 것이다

이 마음이 천지만상을 다 내고
천지만상을 다 거두니 이 마음에 의해
천지가 움직인다
있지도 없지도 않지만
이것이 주인이고 사람이 살아가는
모든 것도 마음이 주관하니
그 운명의 노예가 사람이다

잡을래야 잡히지도 볼래야 보이지도 않는
그 마음이 우주의 본(本)이니
이 마음이 도대체 무엇일까

모든 종교에서 최고 신(神)이라고 불리는
부처님 하나님 알라 진공묘유는
바로 이 마음을 두고
사람이 이름 붙인 것이지

그러면 이 마음은 도대체 무엇일까
그것은 다름 아닌 하나의 허공이라
또 이 마음은 다름 아닌 만상이라
또 우주이라
이 마음은 온 곳도 갈 곳도 없는
알파 이전의 알파요
오메가 이후의 오메가이다
이 마음이 무엇인지 하늘의 천체를 보라
어디서 왔는지 나를 보고 땅을 보라
어디서 왔는지 또 갈 곳이 어딘지
그것을 보라

사람이 죽어도 안 죽는 것은
사람의 마음이라
그것은 다름 아닌 마음이 원래 있음이니
그 있음에다 사람이 그것을 입력시키니
그것을 벗지 못해 사람은

그 굴레 속에서 살지
그 굴레 속에서 자기가 묶여 있지
누가 묶지도 않고 누가 구속 않아도
그 속에서 사람이 살고
또 죽어도 그 속에서 어리석게
삶이 사람이지

사람이 아는 것 없다 함은
사람 속에서 살기 때문이지
사람이 사람 아닐 때
완전한 사람이 되는 뜻을 사람은 모르지

그러면 이 마음이 무엇이냐
그것은 다름 아닌 나를 보라
내가 누구인가
껍데기인 이 육옷이 나인가 봐라
나는 이 육옷이 아니고
그 육옷 속에 내가 있다
그 나가 바로 참나이니 그 참나를 찾아라
그 참나는 형체에 의존되어 있지 않다
그리고 그 참나는 또 나다
그 마음이 어디 있느냐

말 없는 사람이 길을 가는데
말 없음 아닌 말이 많더라
그 말이 무엇인가 자세히 보니
그 말 역시 하나의 허공이더라
허공은 말이 없어도 그 허공의 뜻 있음을
사람이 알지 못하더라
사람이 모름은 다름 아닌
자기에 속박되었기 때문이다

가는 바람 시비 말고 있는 바람 시비 말고
그 바람의 뜻 바로 새겨라
그 바람이 참으로 오는 곳은 어디이고
그 바람이 어디 갔는지를
하늘 천체 흩날리면 바람이 되고
만상이 흩어지면 또한 바람이라
그 바람 좇으며 사람이 사는 것은
바람 속의 삶이고 사람도 바람이지

나는 본시 있음도 없음도 아닌 그대로이나
사람은 나에 묶여 살구나
이유도 없이 몸에 묶여 살구나
나를 벗고 탈피하여 사는 삶을 살아보자

그것이 무엇인지 생각해 보자

마음은 원래 있으니 나를 죽이고
나를 없애도 그 마음이 그대로 있는데
그 마음 어디에 있는지 생각해 보자
이 세상의 만상은 다 마음이고
이 세상에 있는 것 없는 것 다 마음이고
그 마음의 하나의 개체가 모두 마음이다

이 마음이 도대체 무엇일까
이 마음 어디에 있을까
생각은 마음에서 생기고
그 생각은 사람이 죽어도 죽지 않는
상념체가 되니 마음 생각 달리 있음 아니고
몸 마음 달리 있음 아니고
몸 생각 달리 있음 아니니
그 마음 어디에 있나
또 몸 하늘 달리 있음 아니고
하늘 몸 다름이 아니니 그 마음 어디 있나
또 만상과 하늘 달리 있음 아니고
하늘 사람 같음이니 그 마음 어디 있나
인간과 사물도 다름 아니니

그 마음 어디 있나
인생은 하나의 마음이고
그 마음이 행하는 것이 또 마음이니
그 마음이 어디 있나

그 마음은 천지만물이니
그 마음이 이 세상의 만상을
장난치는 것이지
사람의 마음이 있으나
사람 마음은 하나의 생각이라
그 생각이 온갖 것을 짓고 부수나
실마음은 짓지도 부수지도 않는 저절로이다

사람이 세상에 나서 사는 삶이 마음이요
사람이 세상에 나서 죽는 것도 마음이라
마음 아님이 없으니 그 마음 어디 있나
마음에 마음이 없으면 그 마음을 쉽게 찾고
마음에 마음이 있으면 그 마음은 없는 법
마음에 마음 두지 말고
보는 대로 듣는 대로가 마음이라
마음은 하나의 나그네요
또 그 마음은 하나의 그대로요

마음은 하나의 우주이니
이 마음이 짓고 부수고도 없으나
사람이 이 마음을 짓고 부수니
그 마음 있는 곳은
하나의 장소가 아닌 온 천지라

마음이 하나이고 마음이 우주인 걸
마음을 찾는다 수고하고
마음 알려고 노력했구나
마음은 있는 대로가 마음이고
마음은 나를 벗어남이 마음이라
눈 감고 하늘로 올라라
하늘에서 지구를 보라
하늘의 달에 가봐라
하늘의 별에 가봐라
하늘의 태양에 가봐라

마음은 있지도 없지도 않은 마음인데도
내가 붙들어 매고 살구나
그 마음 그 생각이 가만히 있는데
나만 분주하구나
나는 말없이 원래가 되어
그냥 그 자리에 있어야지

요람기

자식새끼 못 먹이고
굶은 배를 움켜잡고
한숨 쉬며 자식 먹여 살리는 걱정에
밤잠 못 이루던 이
우리의 엄마들이셨지

잠자다가 엄마 품에서
오줌 싸는 자식놈을
꾸중하지 않고 밤새 떨다
아침에 부엌에 밥하며 옷 말리던 이
우리의 엄마들이셨지

들일 바빠 어린아이 배가 고파
울다 지쳐도 먼 들에 가서 모르고 있다
병이 들어 죽으면 부모 가슴 한과 멍
남기고 산천에 묻었지

나의 어린 시절은 무명옷 입고도
옷이 있으니 원시인 아니지

원시생활 못잖은
어려움이 있던 시절

일본의 식민지로 헐벗은 뒤
연이어 전쟁이 일어나니
전쟁 중에 태어나서
가난하기 그지없었고

가난한 그 시절 집집마다
육 칠 팔 구 남매
소작농은 모두가 그러했지
산천에 나무하러 가면
널려 있는 것이
사람의 해골과 뼈와 총알이었지

부모들은 들판으로
젖먹이 아이 방에 두고
들일을 가버리면
울고 울고 배가 고파
닭똥도 주워 먹고 자기 똥도 먹었지
지쳐서 자는 곳은 땅바닥인 마당이고
시골 봉당 높아서

방에서 봉당으로 굴러 떨어지고
봉당에서 마당으로 굴러 떨어져도
하늘이 돌봐선지 다치지는 않았지

하루 종일 일하다 엄마가 집에 와 젖 먹이면
도랑물이 콸콸 목으로 넘어가는 소리
두 눈망울 행복에 찬 눈으로
흙투성이 얼룩진 얼굴은
엄마 젖을 만지며 눈물이 걷혔네

사람들이 늙으면 노망병이라는 것은
많이 굶어서 늙어 의식이 없음이지
노망으로 죽는 이도 많았지
병에 걸려도 돈이 아까워
돈이 없어 병원에 못 가고
천장 쳐다보다 죽은 이도 있었지

나 어릴 때 친구들은 곰보가 유난히 많았지
가난하고 하늘 믿다
우리 집의 형들도
곰보병으로 저세상으로 갔지

사람들의 이야기에
우리 엄마 미쳐 나다니고
땅을 치고 통곡했었다고 그러지
형들 먼저 간 뒤 귀한 집의 아들로
나는 세상에 나왔지

우리 동네는 이름이 천하면
잘 크고 안 죽는다고 해서
'가지'(강아지)란 이름이
나의 어릴 때 이름이었지
우리 동네는 '가지' 이름이 많았지
아이들의 놀림으로
나는 그 '가지'가 제일 듣기 싫었지

대여섯 살 때부터 소 먹이고 소풀도 하였지
소 먹이고 집에 올 땐
소풀을 한 다래끼 뜯어
소죽도 끓여줬지

내가 국민학교 저학년 때
학교 못 간 내 누이가
학교의 뒷산에서 그림 그리는 나를

'가지야' 하고 불러서
집에 와서 내 누이를 때렸었지
국민학교 일학년 때 조성지에 소풍 갔었지
가는 길이 이십 리여서
엄마가 막내 동생 업고 마중 나와서
먼 곳에 소풍을 갔다 오는
나를 안아서 집에 왔었지

우리 엄마 이제 내년이면 여든이지
우리 엄마 내가 귀한 집 자식이라고
국민학교 삼 학년 때
앉은뱅이 책상을 하나 사주셨지
나는 그 책상이 하도 좋아
그 책상에서 공부를 하곤 했었지

삼 학년 때 사연도 많았지
우리 큰누나 시집가고
큰 손으로 다녀오신 후
우리 아버지 이북 나남서 역전에서 일하시다
나무에 깔려 병으로 고생하시다
병이 재발해 돌아가셨지
아버지 친구 분들이 나를 붙들고

울고 울고 많이 울었지

아버님이 저세상 가시고
어린 시절 장남으로 행세해야 했지
엄마는 내 몸에 맞게 지게를
하나 맞춰주셨지
그 지게로 학교 갔다 오면
나는 들일과 산나무를 열심히도 하였지
그 당시 삼년상 아버지 빈소에서
초하루와 보름에는 곡을 하고
일 년에 한 번씩 돼지 잡고 제사를 지냈지

동네 아이들 운동장에 뛰어노는 것이
한없이 부러웠지
나는 신발이 닳을까 봐
산이고 들이고 신발을 벗고 다녔지
세 누님들 모두 시집가고
삼 년 제사에 가세가 기울었지
가슴 아프고 애절한 사연 안고
나는 성장했지

그 시절 가난한 시골 생활하던 사람들이

지금은 객지로 모두 나갔지
객지 나와 기반 없이 맨몸으로 나와서
고생도 많이 했지
그들이 지금은 세상의 주역이지

출가

이놈아 너만 부처 되어 무엇 하나
부모님 처자식 모두 버리고
한 맺힌 노모의 손 뿌리치고
말없이 눈물만 흘리는 아낙네
가는 이도 떠나건만
마음의 짐이 되어 가슴에 죄 안고
어딘지 모르게 떠나가던 시절

서로의 연(緣)으로 사립문 소리에
행여나 오지 않았나 기다리며
살던 집에는 세월이 감과 동시에
모든 게 하나 둘씩 달라져 가는데
공부를 하여 첩첩산중에서
깨달았다 하여도 앎이 없고
중생 구제도 못하고 간 고승들

완전 세상에는
부부생활을 하면서 가정 이루고
도를 득해야 중생 구제하지

이제는 모두 모두 산에서 나와
사람으로 가지고 싶었던 가정 가지고
그 고행 그렇게 하지 않아도
저절로 도가 되는 세월이니
모두 모두 동참하세

추억

바람이 부는 언덕에 누워
지나간 추억 생각하며 눈물을 짓구나
한숨도 짓구나
왜냐고 묻는 이 없고
나만 남아
하늘의 뭉게구름 두둥실 떠가고
하늘 쳐다보며
무엇인가 집힐 듯 잡히지 않는 것을
찾아가고파 하구나

덧없이 가슴만 아팠던
인생을 뒤돌아보면서
아쉬운 한숨만 쉬고 있구나
인생은 하나의 부평초라고 말하지만
이 인생이 이대로는
너무나 너무나 안타까워라
아는 것이 없으니
흘러간 지난날 한 것도 없고
정든 이들 흩어지니 눈물만 나누나

하늘에는 모든 것이 있고 없고
하늘에는 있는 모든 것이 그대로이나
사람이 저 하늘 너머
또 저 하늘 너머
무엇이 있으리라 생각하고
살아가고 있구나

인생은 모든 것이 다 허사이고
인생은 모든 것이 다 꿈이어라
자연과의 이야기는
탄식해도 말이 없고
떠나서 다시 인간에 얽매여
삶만 살던 시절이
멀리멀리 꿈속이어라

진리

알 것이 없다
알 것은 별것 있느냐 모르는 것인데
모르는 것이 참이기에 몰라야 하지만
세상 살면서 어디 그렇더냐
알 것이란 이 모름을 아는 것이지

근본이 모르는 것이란
원래 있는 곳의 이야기지
사람은 실컷 알려고 해놓고
가보니 모르는 경지이니
모른다는 것은 또 아는 것이다

모르는 가운데 일체 만상이 있고
모른다는 자체가 앎이니
도 공부라는 것은 사람의 앎과는 판이하니
아는 것도 아니고 모르는 것도 아니고
알면 알고 모르면 모름이 아닌
모르는 가운데 일체 만상이 있고
모른다는 자체가 앎이니

사람의 머리로써 이해하기 힘이 든다

일체 만상은 하나의 마음에서 나서
마음으로 가고
마음은 일체 개체의 가짐
아닌 것이 마음이니
그 마음이 없는 가운데
일체 상이 있음이라
인생은 실의 존재로서는 없으나
사람이 있으니 있고
사람의 마음은 없는 가운데 있어진
개체의 자존의 영위에서 생긴
하나의 몸에서 나온 것이라

그 몸 마음이 다를 바가 없지만
몸 마음을 사람은 분리 지우고
나의 실체의 마음은 우주이고
나의 몸이 또한 우주이니
곧 몸과 마음이 우주와 동일하고
그러기에 몸도 우주마음의 본체인
우주와 동일하다는 것이다

몸은 마음이요
그 마음은 없는 가운데
일체 만상과 만행이 나오니
사는 삶 전체가 또한 마음이라
마음은 있고 없고가 아닌
일체가 마음이고
없는 하늘의 표상일 뿐이다

있으나 없으나 모두가 동일하니
마음은 하나이면서 만상이니
그냥 마음은 없는 것이 본래이나
사물과 원래 마음이 다르지 않으니
이 세상이 또한 마음 세상이다

마음

제3부

새벽 | 나무 | 땅 | 땅 | 본능 | 허공 | 소나무 | 구름 | 열차 | 빈 배 | 인생 | 길 | 동심 | 밝은 빛 | 꾀 | 바람 | 이치 | 진리 | 창조 | 변덕 | 나그네 | 유정 무정 | 추억 | 자존심 | 허망 | 걱정 | 나의 노래 | 구속 | 어리석음 | 고독 | 괴로움 | 근본 | 집착 | 사연 | 허상 | 슬픔 | 차별

새벽

날이 새면 산새들이
날이 새면 진주 이슬이
빛에 의해 있구나

날이 샌다는 뜻은
어둠이 걷힌다는 것이지
어둠은 다름 아닌
보이지 않는 것이지

살고 있으면 있는 줄 아나
사는 삶이 삶이 아닌 것은
바름이 아니니 그런 것이지

사람들이 눈이 어두운 것은
다름 아닌 두 눈 뜨고도
보이지 않는 것이 사람 눈이라

사람 마음이 우주인데
그 마음이 보이지 않으니

사람이 알지 못하고
미망에 살고 있구나

마음의 눈을 뜨면
밝은 빛처럼 세상을 보리라

나무

나무는 삶을 살지
나무는 서서 버티는 삶이지
나무는 온갖 것이 괴롭혀도 말을 못하지
나무는 산다고 사는 생각도 없지
단지 형체가 있어
사람이 나무라고 이름 붙였지

나무는 그냥 삶을 살지
나무는 자기를 생각지 않아도
스스로 존립하지
나무는 자기의 마음이 없지
나무는 스스로가 짓고 부수는 마음이 없지

나무는 세상에서 있어야 할 존재지
나무는 바람도 싫어하지 않지
나무는 비도 싫어하지 않지
나무는 그냥 있다가
이유도 뜻도 알려고 하지 않고
한세상 살다 가지

역시 가는 곳도 모르지
나무는 자기의 가짐이 없으나
나무는 삶의 본능이 있지

나무는 그냥 사나 할 것 다하지
나무는 스스로 존재하다 스스로 가나
사람이 좋다 나쁘다 평을 하지
나무는 하늘의 표상이고
나무는 존재되는 것이
지수화풍의 조건에 의해 나고 죽지

나무는 만상이 이것저것이
있어야 하기에 있지
나무는 세상 가운데 조화로 있지
나무는 무엇의 목적 목표 없어도
조건에 의해 일을 다하지
나무는 나무이나 전체이고
그냥 존재하나 하늘과 함께하여 있지

땅

땅이란 것은 사람이 살아가는 데 있는
만상의 어머니이지
지구에 살고 있는 모든 것은
땅이 있어 존립된 것이지
땅은 사람이 먹고사는 일체를 다 나타나게 하였지
땅은 스스로 존재하다 스스로 가지
땅은 우주이나 우주가 아닌 것은
사람이 달리 보기 때문이지

땅이 있어야 식물이 나는 것은
땅이 있어야 동물이 나는 것은
하나의 조건에 의해
나고 죽고 하기 때문이지
땅은 자연의 조화의 한 부분이지
땅이 있고 물이 있고
바람 온도에 의해 만상이 나지
땅은 스스로 존재하나 역시 하나인 진리이지
땅은 땅이나 또 땅은 진리이지

땅

땅은 영원하나
땅으로는 영원하지 않고
근본으로 가면 영원하지
땅은 자기가 할 일 말없이 하지
땅은 불평과 웃음이 없지
땅은 잘나고 못나고 없이
희생해도 희생한다는 생각조차 없지
땅은 인간을 위해
수많은 것을 연구해 놓았지
땅은 그 연구한 생각조차 없었지

땅은 마음이 없지
땅은 자기의 주관이 없지
땅은 자기의 가짐이 없지
땅은 이유도 없지
땅은 그냥 있으나 일하고 있고
땅은 하늘이고 하늘이 땅이나
사람이 이 뜻을 모를 따름이지

본능

작년에 온 두루미
우리 논에 또 왔네
또 온 이유 아무리 생각해도
잘 모르겠네
하늘을 나는 철새는
왜 철 따라 나는지
잘 모르겠네
김매는 농부 긴 한숨 쉬며
나는 새만 쳐다보네
철새도 날아가고
두루미도 없구나

허공

바람은 허공 따라 어디론가 바삐 가고
마음은 삶을 바삐 산다
괴로운 마음은 허공에 던지고
슬픈 마음 바람에 실어 보낸다
나는 눈 감고 바람 부는 허공 따라
사는 삶에 허덕이고 있구나
그 옛날 한 옛날 사람이 살았고
살던 사람 모두 갈 곳 갔구나
사람이 만든 숱한 곳을
사람은 가고 없어도
참의 간 곳도 모르고 옛사람 생각하며
사람들은 모두가 빈 하늘만 쳐다본다
빈 하늘의 뜻을 아는 이
세상 사람 하나도 없구나
뒤뜰에 말없이 뒹구는 낙엽에게
그 뜻 물어본다
낙엽은 말없이 가르쳐주나
눈이 먼 나는 보지 못한다

소나무

소나무는 산에 있는 사철나무지
소나무는 솔바람 소리를 내지
소나무는 말없이 서 있으며
봄 여름 가을 겨울 서 있기만 하지

소나무는 그냥 있지
소나무는 뜻이 없지
소나무는 세월 모르지
소나무는 저절로 왔지
소나무는 스스로 가지
소나무는 일체를 모르지
소나무는 그냥 있다 그냥 가지

사람은 소나무를 소나무로 보지 않고
사람은 생각하고 있지

구름

찬 서리 눈보라가 한 시절이듯이
세상의 모든 일도 한 시절이어라
구름을 보는 나의 마음만 한가로이 있구나
긴긴날 나는 나는 내가 무엇을 해야 한다는
압박을 받고 세상 살았구나
인생은 하나의 구름 타고 가니
항시 불안한 마음을 가지구나

나는 허공 속에 살며 말이 없으나
나의 몸만 구름 되어 바람 따라다니며
떠가는 요인이 바람이다
구름인 나를 나를 탓하구나
구름만 허공 따라 가고 있는 걸
그 구름이 허공이고 허공이 구름임을
바람에 따라가다 보니 모르겠구나
사람들에게 이것을 가르친다고
나는 애쓰고 애쓰고 있다

열차

기적이 울린다
밤차는 서울로 향한다
향하는 밤차는 레일 위를
다그락 다그락 소리를 내면서
쉼 없이 달려만 간다
열차는 한도 많고
희망의 꿈도 모두 안고
말없이 레일 위에 서 있다

숨을 죽인다
새벽차가 온다
그 옛날 열차의 기적은
지금은 없어졌구나
그 열차는 증기에서
디젤로 바뀜밖에 없는 열차이나
칙칙폭폭의 열차는 사라져 버렸다

말 타고 한양 가던 옛 시절
열차는 좋은 교통수단

이제는 비행기가 세상을
하루 만에 갈 수 있는 세상
옛날과 다른 것은
사람의 머리도 변하고 말았다
사람이 바라는
하늘의 참 대도(大道)가 나왔다
인간 따라 하늘은 대도가 나오는구나
저절로 하늘은 내었지

빈 배

빈 배는 사람을 서글피 만들고
마음을 공허히 만드는 이유는
세상의 모든 것이 삶이 있어 있는 것이지
나는 허공 되어 구름 속에 있지 않고
만상의 주인 되고 만상의 어버이라
하늘나라 먼 곳은 사람이 먼 곳 만드나
모든 것은 나의 마음에 있는 상이어라

짓고 부수는 마음만 공허롭고
언제나 슬픈 사연의 노래를 부르나
그 사연 무엇이냐
사람이 나의 말을 귀 넘어 들을까 봐
염려하는 마음이어라
마음은 없는 것이나
사람의 마음을 따라잡아야
사람을 가르칠 수 있지

인생

인생이 무엇을 잘못하고
인생이 무엇을 그리는지
사람이 알지 못하는 가운데
인생을 사람이 한정 짓고 있는 가운데
이 세상의 실체가 실체가 아님을
옛 성현들이 이야기했으나
세상의 모든 것은 구름 가듯 가나
사람들은 그 뜻 모른다
인생을 노래하고 인생을 찬양해도
사람만이 하는 짓이지
딴 것은 하지 않는다
진리에 선 사람은 진리 이야기해도
사람은 저만 똑똑하고 눈 귀 입을 가졌어도
맞는 것인지 듣고도 알지 못한다
앎이란 사람 마음이 만드는 수용이니
그 길이 아마 예사가 아닌 모양이다
지혜 있는 자는 생각으로 몸 죽고
마음으로 벗어던짐이라고 말하여 준다

길

길은 한 길이나 사람이 못 보지
길은 외길이나 사람이 알지 못하지
길은 여기이나 사람이 찾지 못하지
길은 하나이나 사람 눈에 안 보이지
길은 말 없으나 사람이 말이 많지
길은 스스로 있으나 사람이 있음을 모르지
길은 이것저것 없으나
사람이 이것저것 만들지

길은 사람이 찾지 못하는 이유가 있지
사람의 가짐의 눈으로 길은 보이지 않지
길 찾는 사람이 세상에 없는 것은
사람이 바르게 세상을 보지 못하기 때문이지
사람은 모두가 바름을 알지 못하고
사람은 모두가 거짓의 알음알이가 문제지

길이란 무엇이냐 사는 것 자체이다
그것을 아는 길이 수억만 리지
없는 가운데 세상의 일체가 하나가 되지

동심

물동이 인 엄마 따라 아기는 아장아장
생각 없고 뜻 없이 그냥 가고 있지
졸졸 따라다님이 주위 사람 불안해도
엄마도 아이도 불안한 줄 모르네

아이는 신이 나 뛰고 있는데
엄마 마음만 오락가락하고 있구나
엄마는 많은 생각하고 있어도
아이는 아무런 생각 없구나

인생은 지나가는 나그네란 말도
아이는 뜻도 모르고 생각도 없구나
아이는 신만 나누나

밝은 빛

먹구름 걷히는 날이 되면
세상은 밝아오리
세상이 밝다는 것이 무엇이냐
그것은 다름 아닌 개체의
마음이 없는 것이지
삶이 있되 삶 속에 있지 않음
그것이 밝은 세상이지
그것이 참의 세상이지

참의 세상 밝은 세상
참의 세상 희망의 세상
먹구름이 언제 새 세상 천지에
걷히고 걷히나 근심하여 본다
구름 한 점 없는 하늘이
사람의 마음을 밝게 하듯
먹구름 없으면 밝은 빛 보리
사람 사람이 웃는 날 보리

꾀

늙은 고양이가
부뚜막에 앉아 있는 것은
고양이는 꾀가 있기 때문이지
꾀는 자기 경험의 습이지
사람도 세상을 살 때 가지는
수많은 마음은 하나의 꾀에서 생기나
가지는 마음의 꾀는 자기를 망친다

망친다고 하는 것은 실을 몰라서이다
가지는 헛것에 얽매이고
실이 보이지 않으니
사람들이 가지는 습이 두터워서지
인간은 이런 것이 인간이니
사람에게 지혜란 없음에서 생기고
마음이 없어야 일체가 보이지

바람

바람이 부는 날은
그 바람 온 이유 묻는다
사람의 마음이란 조석으로 바뀐다
왜냐고 묻는다면 나의 몸의 관습이지
지나가는 바람에 시비하고 원망한다
그러나 그 바람 사람의 말 안 듣는다
바람은 뜻 알아라 소리 소식 없이
사람을 이래저래 다스려보고 골린다
바람은 그래도 마음이 없이 한다
사람은 마음 없는 바람에
시비하고 욕까지 한다
그러면서 저희가 믿는 종교에
사람과 예수 석가 증산 마호메트에게는
욕도 안 하고 착한 체한다
바람은 철없는 사람을 탓 않고
들은 체도 안 하고 그냥 그저 무심으로
이 말 저 말에 상관없이 할 일만 하고 있다
바람은 사람 마음과 상관없이 그냥 분다

이치

하늘에 수많은 별들이 있는 연유는
다름 아닌 자기가 나타남이지
그러나 세상의 수많은 사연도 마찬가지지
사람의 마음이 만든 것이지
이 세상에 함께 살며 수많은 마음은
가짐 없는 마음일 뿐이어라

내가 무엇인지 모르고 산다고 사는 삶은
하나의 부질없는 마음의 표현이라
이 말이 무엇이냐 뜻 없는 삶이지
하늘의 뜻이 무엇이냐 하면
없는 마음 없는 가운데 사람의 삶이 있고
신계가 존립하는 우주의 오묘한 이치이나
사람이 모르고 살아가지

진리

날이 새면 산새들이
저 하늘 먼 곳에 날아오르지만
산속으로 돌아오듯
인간도 모든 것이 원래로 가고 말지
사람의 생각은 수십만 가지 짓고 부수나
사람은 원래가 자연의 이치에 의하여
나서 죽고 하는 것이지
말이 없는 사람은 세상 일을 알 것이고
세상 말을 하는 사람은 참의 뜻을 모르지

인간이 세상 나서 무엇을 해야 하고
인간이 세상 나서 하늘을 찌를 것 같으나
사람은 사람인 것이 진리이고 진리이지
이 세상에 수많은 사람들이
번뇌를 일으키고 살지만
모두가 자연이 만든 하나의 그것일 뿐이어라

가도 와도 모든 것을
사람은 알지를 못하는 가운데

인생은 늙고 늙고 하는 것이지
이 세상은 진리 그 자체의 세상이나
사람이 이 뜻을 알지 못하고 있지

창조

태초에는 세상에 아무것도 없었다
태초에는 이 세상이 하나의 허공이었다
하늘 뜻으로 세상은 지어졌다
세상의 만상이 하나도 없는 가운데
세상에는 이것저것의 만상이 나왔다
그 만상이 지금에 이르렀다
만상이 세상 남에 그 세월 속에 사람이 났다
세월 따라 사람은 달라져 갔다

하늘은 그냥 있었다
하늘은 말없이 있었다
말없는 가운데 가고 오고 이런 만상을
사람들이 창조했다는 말을 붙인다
창조 아닌 창조에 만상이 창조되고
지극한 사람의 뜻 어디론가 사라지고
하나의 창조주의 노예가 되었다

창조주가 저인 줄 사람은 모르고 산다
창조주란 만상의 어버이이고

만상은 또 창조주다
그냥 사람만 번뇌 짓고 산다

만상의 영체는 열반하라
죽어라

변덕

춘설이 가야산 자락에
나리고 나리고 있구나
왠지 지나간 겨울이
그리움으로 변했구나
사람은 마음이 변덕스러워지는구나
이유는 가짐이 있어서지
하늘의 마음은 변함이 없는 것을
변함이 없다는 것은
가짐이 없으니 하는 말이지

사람은 원래가 없는 마음으로
스스로 새기며 사니
그것이 삶에 의해 일어나는 것
삶이란 자기가 있음이지
자기는 에너지의 하나의 표현이지
표현은 하나의 나타남이지

나그네

덧없는 세상 나그네는 지나가면
자취도 지나가면 가진 것이 하나도 없구나
그냥 자연만이 변함없이 오가는
만물만상이 있을 뿐이구나
그 자연이 나 되어도 나는 집착지 않는구나

사람만이 갖은 번뇌 일으키며 살다가
살 적에는 가진 마음이
전부인 줄 알고 살다
죽어 무엇이 되는지 모르고
죽지 않는다 생각하다 갔구나

그 많은 번뇌망상
영원한 그 삶이 어디로 갔는지
알 수가 없는 가운데
나그네는 가고 만다
간 곳이 어디인지 모르고 떠돈다

가짐 없는 마음이 무엇인지도 모른다

하나의 가짐이 자기가 되어
그 속에서 수도 없이 번뇌하며 헤맨다
철이 없어 헤매는지 아닌지도 모른다
그냥 자꾸 헤매기만 한다

유정 무정

가는 정 오는 정은 모두가 유정이고
무정은 인생이 가는 곳이 무정이지
세상 사람이 말하는 가짐이라고 하는 것은
다름 아닌 자기가 있어 있는 것이지
다시 말하면 자기가 있으니 삶이 있고
삶에 의해 업습이 있는 것이니
그것이 자기의 가짐이지

나는 세상의 가짐인 마귀와 싸우느라
수많은 고생을 하고 있구나
나는 무정을 가르치고
무정 속에 유정을 가르치고
유정 무정이 모두 하나임을 가르치지

추억

지나간 추억 속에 내가 남는 건
나를 잡고 있는 하나의 마음이라
그 마음속에 나는 살아가고
그 마음으로 나 되어 있지

사람들은 자기가 된 그것이
참의 자기인 줄 알고 세상을 사나
참의 자기는 그냥 있음이어라

공하다 허하다 사람은 말하나
그 공과 허가 없어야 자기이지

사람들의 생각은 자기의 마음에
지나간 추억 속에 모든 것을 잡으니
나를 모르고 살아가고 있지

그 참의 나는 이것저것 없음이고
마음 없음이 원래인데
그것에서 벗어나지 못하고 있지

자존심

마지막 사람이 보유하는 것은
자기의 자존심
자기의 자존심이 살아온 과거의 생이니
그것을 놓치려 사람은 하지 않지
죽어도 사람은 그것을
놓지 않으려 하지

눈물이 난다
지난날 생각하고 생각해도
사람은 그 사연 자기만 안다
인생이 흘러가는 세월 속에
가지는 마음만 키워 사람은 산다
그것 잡고 산다

하늘은 탓한다 그 마음을
그 마음 놓고 살아라 말한다
인생은 하나의 지나가는 추억 속
이것저것도 그저 지나치고
보는 것도 하나의 그저 있음으로 보고

난 줄 알고 가짐이 짐인 줄 모르지

하늘의 뜻이란
하늘의 뜻이란
가짐 없는 마음만 하늘의 뜻이지
그것이 하늘
그것이 본래
하늘의 참의 뜻 모르는 사람은
아득한 마음만 남아 살지

허망

지나가는 고통도
지나가는 아픔도
모두가 지나면
한낱의 꿈이어라
이런 마음 저런 마음
모두가 허상이라
구름 잡다 바람 잡다
천만 가지 잡고 잡고
천만 가지 가고 가고

하늘의 원래 아무도 모르니
인생은 하나의 허망 안고
허망 속에 떠나간다
허망이란 없는 것이고
허망이란 가짐 없는 것인데도
잡고 살아만 가니
가없는 마음도
한 가지 마음만 되고 있구나

걱정

산천에 초목들이
세상에 만상들이
모두가 가짐 되네
나는 허공 따라
나는 바람 따라
가는 정 가는 마음에
뒤돌아보니 수많은 사연 사연
모두가 하나의 가짐에 내가 짓고
내가 만든 부질없는 것이어라

나는 싫다 나는 싫다
부귀도 영화도
모두가 세월 따라 가버릴
터무니없는 하나의 꿈인 걸
가짐 없는 마음 되니
나는 허공 속에도
나는 가질 것도 없는
하나의 없는 것에
매이고 매이누나

나만이 없는 마음에
글을 쓰고 있구나
반야고시원은 우리의 도장이 되어
나는 이곳에서 사람들에게
진리 가르친다 앉아 있구나

이 세상은 하나의
마음에 세상이 있고
세상은 마음 가운데 있는 것이고
이 세상은 하나의
꿈속에 있는 것이라고
나만이 외로이
이 사실을 가르친다

나는 생각하고 있는 가운데
나만이 각박한 세월에
세상을 살린다 걱정을 하고 있구나
사람의 걱정은 가짐이어라
나의 걱정은 있되 걱정 속에 있지 않다
나는 없는 가운데
나를 생각하여 본다
없는 마음의 나를

나의 노래

세월이 지나간다 도를 득하여도
인간의 마음이 남은 이는 서글프구나
내가 세상 와서 할 일이 무엇이고
내가 세상 와서 한 일이 무엇인지
사람들이 이해를 못하는 가운데
이 세상의 부질없는
망상을 놓지를 못하구나

가련한 사람 보고
허무한 마음만 가슴을 파고드는구나
나는 아무런 생각도 없이
노래를 부르고 있구나
이 세상의 많고 많은 수많은 사연이
하나의 부질없는 것임을
가르치는 나의 운명에
이것저것 생각하지 않고
하늘 일 하구나

가련한 마음만 세상에 있는데

이 세상 사람들은
모두 다 나의 뜻 모르지
잘나고 못나고 저만이 있는
상극의 시대는 끝나고
화해의 시대 되는 줄 사람들이 모르고
사람들은 모두가 옛날 상극 시절의 습을
그대로 가지고 있으니 한스럽다
버리면 사는 섭리
사람이 알아야 하지

구속

바람이 분다 비가 온다는 사람이 만들지
바람도 비도 만상도 진리는 그대로이건만
사람 마음만 분주히 만들고 다닌다
사람이란 하나의 형체의 틀 속에서
그가 만든 상이 전부인 줄 아나
참은 원래 그냥 있는데 그 허가 느끼는 것이
참인 줄 알고 속아 살지

원래는 그대로의 우주 자체이나
그 우주에 마음을 더하니 자기 속이지
자기라는 것은 하나의 관념이지
실이 아니지 실이란 실제이어야 하고
실제는 존재를 의미하고
그 존재는 원래 스스로 존재함을 의미하지

자기가 누구인지도 모르고
스스로 존재하는 하나님인 줄 모르고
생각하는 것에 그 노예가 되어 살지
노예란 속함 아니냐 속함은 구속 아니냐

구속은 한정됨이 아니냐
한정됨이란 행동 반경 범위 아니냐
행동 반경 범위는 한정된 구역 아니냐
한정된 구역은 자기 속과
자기의 관념이 아니냐
자기의 관념은 개체의 자기 아니냐
개체의 자기는 자신이니
자신은 저의 관점으로 보는 것 아니냐
그 속에 산다는 것이 사람 삶이다

어리석음

인생은 하나의 뜬구름이라는 것을
사람은 세상을 살면서도
세상에 휩쓸리어 잘 모르고 살아가지
가는 정과 오는 정이
사람의 업습으로 이루어지는 그 속에서
사람은 살아가지요

사람의 생각은 하나의 가짐인
사람 마음에서 나오니
인간이란 가질 것 안 가질 것 다 가진 채
원래의 마음을 모르고
도 득한다 이곳저곳 헤매니
인간이 이렇게 어리석어도
어리석음을 알지 못하지

사람이 안다는 것은
허무함인 헛것만 알고
잘났다고 소리치지요

고독

날이 저물어가면
사람은 고독과 무서움이 있지

고독은 혼자 갈 때이고
한마음이지 않을 때이지

인간들이 가지는 삶이
신나는 삶이 되려면
하나의 가짐 없는
마음이어야만 하지

인간들이 가지는 수만 가지 번뇌가
마음에 삶의 상념으로 각인되니
그것이 자기가 느끼는 감정이 되어
삶에서 감정으로 느껴지는 것이지

사람들이 생각으로 마음을 바꾸어 먹음이
도(道)이고 바른 삶의 길이지

괴로움

괴로움은
사람의 삶에 의해 생기는 것이지
사람이 이루려고 하다가 못 이루면
다름 아닌 괴로움이 되지
괴로움이란 가지려는 욕심이
뜻대로 되지 않을 때 생기는 것이지

사람들의 삶에 의해 생기는 수많은 것은
괴롭다 기쁘다이지만
사람이 가지는 감정이지
감정이란 자기 스스로 가지고 있는
자기의 업습에서 생긴 사연인 것이지

밖에서 보면
다른 사람은 가지고 있지 않은데
자기만 괴로움을 가지고 있지
사람의 생각이 만들지

근본

사람의 생각은
업습에 의하여 생기고
사람의 마음은 조건에서 생기지
인간은 삶에 의해 생기고
삶은 업습의 삶이지
삶에 의해 사람의 마음을 개체로 만들지
인생은 지나가는 길에
하나의 번뇌를 만들고 살지
삶은 몸이 있어 있고 삶은 자기 있어 있지
사람의 마음은 공하나
또 공한 마음은 하나의 삶에서
수십만 가지를 만들어내니
사람들의 각 개체는 또 하늘의 반영인 것이다
근본이 바른 것이나
일체가 나타난 것은
본마음의 반영이고 또 실이지만
천인지의 일체는 또 없음인 것이다

집착

인생이라고 하는 것은
사는 삶인 것이다
흘러가는 시간 따라
사람은 뜻 모르고 살아가고
그 해답을 줄 자
세상에 아무도 없구나

사람들아 세상의 일에
가짐 없이 행하거라
인생은 이래도 가고
저래도 가는 것인데
가진 집착 모두 버리고 살아라

집착이라고 하는 것은
가진 마음에 있는 것이니
너의 원래는 본시 없으나
삶을 살려는 가진 마음이
집착이 된 것이지

모든 걸 홀연히 벗고 사는 삶이
참의 삶임을 알고 살아라
인생은 그렇게 가나 사람이 모르고
사람은 삶 속에서 헤매다
그 집착으로 죽지

사연

날이 저물어 바람이 이는데
마음이 공허해지니
마음은 분위기에 달라지는구나
사람의 본성은 없는 가운데
참마음이 나고 바름이 나는 것이지

세상에 저만 잘났다고 하는 이는
저가 있어 바름이 무엇인지 모르고
잘난 저에 가리어 참이 보이지 않지

사람이 자기를 뒤돌아볼 때는
대부분 사연을 가지고 있기에 그러한데
진리를 찾아 헤매고
도를 하는 이도 사연이 많은 자이지

저 먼 하늘에 있는 사연 사연
모두가 사람의 마음일 뿐
먼 하늘은 그냥 있으나
사람만 수많은 번뇌를 일으키고 있구나

해가 저물어 캄캄한 밤하늘에
반짝이는 샛별은 그냥 있으나
사람만 마음으로
수많은 사연을 낳고 있구나

별은 예나 지금이나 그대로인데
별의 이름은 수없이 많구나
캄캄한 밤하늘에
별만 말없이 반짝이고 있구나

인적 없는 곳에서
그 별의 소리가 들리는 듯함은
사람의 마음이 자연이 되고 우주가 되니
그 음성이 가까이 들리는 듯한 것이고
본성에 가까워졌다는 것이다

흘러가는 세월 속에 수많은 사연을
마음에 담고 마음으로 짓고 부수니
얻는 것 없이 짐만 만들어 지고 가는구나
이것이 인생이고 이것이 삶이어라

이것을 벗는 길은
순리의 삶이고 가짐 없는 삶이어라

허상

빈 하늘에 마음 없이 떠 있어도
그 마음이 변함이 없는 것은
짓고 부수는 사람의 생각하는
마음이 없기에 그러하고
사람이 마음으로 가지는
상(相)이 없어서 그러하지
떠도는 숱한 하늘의 이야기도
하늘은 이야기한 적 없으나
인간이 짓고 부수고 하며 만들고 있지
사람이 마음으로 짓고 부수던 이야기도
바람 따라 세월 따라 산산이 흩어진다
사람이 부르던 노랫소리도
원망의 한숨 소리도
모두가 추풍낙엽처럼 떨어져
어디론가 사라지는구나
진리에서 보면 이 모두가
한낱 부질없는 망념망상일 뿐이고
실이 아닌 허상일 뿐이지

슬픔

나는 고독 안고 살아간다
서러움에 나는 운다
사람이 나를 보고 듣고
사람은 하나의 관념 속에 산다
흐르는 강물 따라 간다
숱한 사연이 많다
나는 흘러가는 구름
흘러가는 강물
나는 그냥 있기만 하구나

잘난 사람 못난 사람
모두가 그냥 가기 원하지
현재 나는 슬픔에 잠기고
사람들이 모두가 슬피 운다
해결 방법을 모른다
해결은 다름 아닌 하나인데
그것은 없음의 삶 하나이어라

차별

예로부터 사람이 살아온 것이
귀한 사람 있고 천한 사람 있었네
양반 상놈의 흑백 인간이
벼슬의 높고 낮은 사람의 삶이었지
지금도 벼슬이 높고 낮고 있고
지금도 돈 많은 이 양반의 행실하지
가난하고 불쌍한 사람 힘없는 사람은
가슴의 한 가지고 살다가 죽지

사람들아 사람들아
너와 나는 하나이고
너와 나는 남이 아닌데
뽐내다 죽은 이들을
보니 한이고 보니 안타깝다
그저 인간은 없던
몸뚱아리 하나 얻고도
찾고 또 얻으려
무슨 욕심만 부리고 사느냐

인간들아 꿈 깨어라
인간들아 꿈 깨라
너에게 가질 것
너에게 얻고 갈 것이 없으니
너는 너를 던지고 벗어나라
그것만이 살 길이고
그것만이 진리에 가깝게
가는 길임을 알아라

지혜

제 4 부

지혜 | 참마음 | 성인(聖人) | 공수래공수거 | 나 | 해탈 | 생(生)이란 | 죽음이란 | 황혼 | 버림 | 방황 | 번뇌 | 미륵천 | 천국이란 | 꿈 | 하늘 | 참세상 | 깨달음 | 허상 | 모(母)

지혜

마음은 하나 마음은 모든 것
마음속에 모든 것이 있지
그러나 그 마음이 또한 만상
만상이 또한 모든 것이지

하나의 마음은 원래는
가짐 없는 마음이 하나의 마음이지
그 마음이 일어나면 수만 가지의
마음이 일어나지
그것의 표출이고 사람으로부터
일어났다 없어졌다 하지
사람의 생각이 수만 가지의 마음이 되고
수만 가지 만들지
그러나 없는 마음에서 볼 때
세상의 일체가 없지

갈 곳 몰라 헤매는 것은
사람이 사는 삶에 묶여서이지
사람의 눈은 한정이 되고

사람의 마음은 하나이지만
그 하나를 모르는 것은 다름 아닌
자기가 있어서지

자기가 없으면 일체가 없으나
자기가 있으면 일체가 있으니
그것이 바름이 아닌 것을
사람이 그 까닭을 알지 못하지
사람이 아는 것은
다름 아닌 가짐밖에 없으니
사람이 참의 이치를 모르고
사람이 참의 뜻을 모름이지

그 참의 뜻을 아는 방법을
어느 성인도 가르치지 못하고
그 성인 되는 방법을 가르치지 못한 것은
다름 아닌 지혜가 없어서이지
지혜란 가짐이 없어야 지혜이지
가짐이 없으려면 가진 마음인
기억된 생각을 없앰이지

나라고 믿고 인간이 사는 것은

다름 아닌 살아온 기억으로
하나의 상념체인 나를 만들어
살아가고 있는 것이지

그것이 하나의 내가 되어
업이 되고 습이 되어
그 삶이 자기가 자기가 되어 살아가지
그것이 앞으로 살아가는 하나의 업에 의해
또한 삶을 만들었지

삶이 무엇이냐
나의 가진 마음의 결정이지
그것이 무엇이냐 하면
다름 아닌 기억된 모든 것이지
기억된 모든 것은
나의 삶의 하나의 가짐이니
그것이 바로 업습이고 사람의 마음이지

그 사람의 마음은
가진 기억이고 가졌던 삶이지
아무런 생각이 없이 살고
아무런 생각이 없이 살면

이것저것 걸림이 없지
이것저것 막힘이 없지

사람들아 마음이란 다름 아닌
지난 삶에 의해 기억된 것이
사람의 마음임을 깊이 새겨라

참마음

지금은 사람이 머리 들고 다니고
후일엔 사람이 머리 숙여 다니지
사람은 자기 있어 자기를 세우면
그것이 겉이고 본마음 아니지
그리고 그것은 자기 패망 만들지

그러나 사람이 자기가 없으면 사람은
그지없이 다정하고 정다운 그리움 가지지
상대가 나에게 마음으로 대하면
나도 하나의 마음으로 대하지

그러나 겉 속이 다른 사람은
나도 겉 속이 다르게 대하지
그저 나의 좋은 점 드러난 것
즐기다 보면 그것은 결과가 추하고
참의 마음에서 하는 것은
꽃향기의 수백 배라

나 없이 살라는 말 이때는 실감치 못하고

나 없이 살라는 말 후일에야 알지
먹고살기가 힘드는 세상은
서로의 분배가 고르지 않지
정신 안 차리면 옆의 놈 뺏아가고
그저 살려고 생각하면 배고프고
이런 세상 이런 시절 겪고 사는 것은
사람이 살아가는
아니 인류 이전 삶의 모순의 일이지

인생은 모든 조건이 삶을 좌우하듯
그 조건이 있고 없고의 관장이 하늘이므로
그 하늘이 주인이니
하늘의 뜻 모르고 사는 삶은 참 아니지

인간아 너는 너의 참을 모르고
인간아 너는 너의 바름을 모르고
사는 삶이다 살아가고 있으니
서글픈 마음만 한량없이 남구나
한량없이 남는 마음조차 날려버리니
나는 없구나
없는 마음이 하나이구나
하나는 다름 아닌 같이 삶이구나

성인(聖人)

세월 속에 인생을 산다
세월 속에 늙어간다
무엇이 옳고 무엇이 그른지
아는 이가 없는 가운데
수많은 세월 지나갔어도
시비한 자 하나 없었구나

인생은 세월 따라 흘러만 가고 있지
어디서 왔다 어디로 가는지 아는 이 없어도
모르는 것이 당연한 것 되어
아는 이를 도리어 책한다
아는 이란 다름 아닌 진리에 선 자를 말한다

사람의 머리로 세상을 사나
사람의 머리가 하늘임을 모르고
하늘은 세월 속에 묻어두었다
하늘은 성인을 낼 때 필요한 시기
필요한 때에 성인을 내는 법이지

성인이란 다름 아닌
바른 진리를 가르칠 자를 말하지
바른 진리를 가르칠 자로 하여금
하늘은 한 치의 오차 없이
그때가 되어 행하게 하고
그때가 되어 나타나게 함이지

때라는 것은 없는 가운데
전지전능한 원래가
필요함을 내는 것인데
지금은 완전한 사람을 내지

공수래공수거

나는 어디서 와서 어디로 가느냐
슬픔과 번뇌가 있느냐
그러면 무엇 때문이냐
알음알이의 번뇌냐
만남과 떠남의 번뇌냐
죽음의 번뇌냐
나고 늙고 병듦의 번뇌냐

어떠한 슬픔과 걱정이든 모든 것은
너의 찌든 분별심으로 보는
부질없는 망상이니라
그러니 네가 가지고 있는
모든 집착을 버리면 슬픔에서 해방된다

현 사회에서는 돈과 사회 지위 여하에
인간의 가치 척도가 판단되지만
또 그것이 빈껍데기인 너를
호화롭게 만드는 것 같지만
어차피 너는 공수래공수거인 인간이니라

너 혼자 왔다가 너 혼자 가지 않느냐
그러나 너를 찾으면 온 곳도 간 곳도 없고
슬픔과 번뇌와 허상에 얽매여 살지 않는다
이것을 진정 깨달으면 너는 부처가 된다
번뇌와 너의 눈에 보이는 허상의
모든 것이 부질없는 것이다
너는 도통하면 이 이치를 알 것이다

나

내가 무엇을 더 알 게 있나 찾아보고 찾아봐도
나는 나이니 모를 게 없구나
나는 나는 알 것이 없구나

인생은 하나의 삶 살고
인생은 세상 살아가지
그것이 인생 그것이 삶인 걸
세상에 아무도 알지 못하고
인생은 그냥 삶 산다 살지

이래도 저래도 한세상 살고
뜻 없이 산다고 사는 삶이
그것이 바름이나 사람은 모르지
사람으로 희망은 가지는 것이지

이 세상 사람 모두들 눈떠라
나와 같이 모름 없도록
그냥 있는 삶에 나는 그냥 간다
나는 알 것 또한 없다

해탈

세월 따라 바람 따라 사람은 가고 오고
하늘가에 빛나는 별들이 모두가 없어지는 건
하나의 빛이 참 빛이 아니어라
인간이 짓고 부수는 수많은 사연 사연에
사람은 하늘의 뜻처럼
말없이 하나 되어 살아가야지

구름 속에 바람 속에 있는 모든 것은
본래 하나도 없지만
사람이 번뇌 지으며 모두 만들어가고 있구나
이 모두가 하나의 뜬구름이건만
하늘은 말이 없고
하늘은 하나임을 사람에게 말 못하고
하늘이 사람임을 사람에게 가르치니
사람은 하늘의 뜻 따라
삶을 살아야 하지

가고 오고의 수많은 사연 사연은
하늘 따라 모두 가고 오고 하건만

사람은 뜻 모르고 살아만 가니
인생은 허무한 하나의
인생은 부질없는 하나의
수많은 사연에 속고 살다가
짐만 지고 저세상 가고 떠돌지
마음만 남아 짐 되어 뜻 모르고 떠돌지

인생이란 하나의 흘러가는 세월 속에
가지려고 생각하며 만상만사
자기 뜻대로 계획을 세우고 세우나
그것은 하나의 지나가는 꿈이어라
인간이 애쓰고 생각하는 것은
집착을 놓치지 않으려는 것인데
이것이 얼마나 부질없고
허망한지를 모르고 산다

잘살고 못살고 하는 사연
그것은 삶의 하나의 유물이건만
그것은 부질없는 하나의 꿈인 것을
사람이 모르고 산다
사람은 먹고삶의 지식을 가지고
아는 체하고 사람을 웃고 울린다

나는 하늘 쳐다보며 하늘의 참뜻 헤아린다
참뜻이란 다름 아닌 하나의 가짐도 없음이라
가짐 없음이란 이것저것에 속함이 없이
해탈하고 해탈하는 것이고
그것이 자기의 가짐 없는 해탈의 경지이지

나는 말이 없다
말이란 필요 없는 것
그것이 무슨 뜻이냐 하면
살면서 나의 뜻을 사람에게 전하는 것
그러나 하늘의 말은
이 뜻 저 뜻 일체가 없으나
하늘은 순리에 의해 천지만상이 있고
천지의 모든 것이 나고 죽고 하는 것이지

없는 가운데 만상이 있는 것은 조건이고
조건은 물체가 물체로 변해가는 과정이지
한 물체라도 가짐이 없으면 모두 해탈하지
해탈이란 속함이 아닌 것이지

사람이 갈 곳 올 곳 모르고 세상에 산다
하늘의 뜻을 사람이 알지 못하니

무엇이 참이고 무엇이 바름인지 모른다
사람은 사람에 속해 있다
사람은 뜻 없이 있다

하늘 따라 하늘의 뜻 새기며 살아가야만
참의 세상 살 수가 있지
참의 세상이란 거짓이 없고
하나의 가짐도 없지
나가 아닌 세상이 참의 세상이지

나의 가짐 모두가 참의 세상이나
참이란 내가 없음이지
참의 세상에는 괴로움도 한숨도 없는 것은
개체가 없기 때문이지
개체가 있음이란 개체의 고통이지

가는 정 오는 정도 사람의 마음이듯이
사람의 마음이란 이렇고 저렇고지만
하늘의 마음이란 다름 아닌 없음이지
없음이란 세상의 일체가
하나도 없는 것이지

사람만이 이것저것 만들어
거기에 얽매여 살다 그냥 떠나가 버리지
인생은 이것저것에 속함도 아니고
없는 가운데 사는 삶이
그냥 살다 가는 삶이지

하늘은 뜻 없으나 모든 것이 있듯이
사람도 뜻 없이 있어야
만능이 됨을 사람은 알지 못하지
이 세상에는 많은 사연이 있지만
하나의 가짐과 집착이 주(主)이니
그 집착과 가짐에 눈이 어두워
사람은 이룰 것을 이루지 못하지

이 세상 사람은 그냥 있는 순리를 모르고
삶을 사는 것이 당연한 것인 줄 아나
그것을 벗어야 뜻 이루어짐을 모르지
뜻이란 참이어야 부딪침이 없으니
부딪침이란 다름 아닌 참이 아닐 때이지
참에는 부딪침이 없이 그냥 갈 수가 있지

뜻이 뜻이면 뜻이 아니고

뜻이 뜻 아닐 때 참뜻이지
사람은 참뜻의 진정한 의미
죽어보지 않으면 모르지

생(生)이란

생이란
삶인 것이지

삶이란
형체 있음이 개체로 활동함이지

생이란
개체가 형체 있어 나고 살고 함이지

생이란
개체의 자존의 본능이 있지

생이란
형체가 조건에 의해 나서 죽고 하는 것이지

생이란
지수화풍의 조건에 의하여
형체가 있다가 없다가 하는 것이지

생이란
모든 것이 원래의 큰 우주에서
하나의 형체가 있다가 없다가 하는 것이지

없다는 것은 항상 그대로인 것이지

죽음이란

죽음이란
하나의 형체 있음이 없어짐이지

죽음이란
활동과 형체를 유지시킴이
끝이 나는 것이 죽음이지
죽음이란 없어짐이지

죽음이란
형체가 목숨이 끊어짐이지

죽음이란
조건에 의해 세상에서 없어짐이지

식물의 죽음이란
스스로 나서 스스로 죽는 것이지

동물의 죽음도
스스로 나서 스스로 죽는 것이지

모두가
하나에서 와서 하나로 가지

하나는 우주이고
하나는 영원한 진리이지

모든 일체 만상이 하나이고
그 하나는 영원영생하는 만물의 근본이고
만물의 어버이지

황혼

수억만 리 돌고 돌아 산다고 산 삶이
하나의 눈물이고 괴로움만 남겼네

나는 세상 살면서 이룬 것 못 이룬 것
하나도 없지만 황혼이 또 되었네

하늘의 뜻으로 이런 도를 얻고 보니
무언가 벅찬 가슴만 남고 또 남았구나

인생은 하나의 부질없는 꿈꾸다
저세상 가는 줄 모르고 살아가네

나만이 아는 것 세상 사람들이 알아
지혜로 사는 삶 살아갔으면 하는 욕심을
나는 버리지 못하고 살아가네

나의 뜻이 사람에게 전하여질지가
나만이 짓고 또 짓고 또 부수고 있네

언제나 하나 되는 세상 오려나
나만이 생각하며 생각하고 있구나

살아온 습을 되돌아본다
아쉬움도 없고 그리움도 없다

나만이 나만이 그 속에
잘못 산 삶을 벗고 살아가니
나는 내가 없는 참나만 그냥 있구나

나는 한량없는 고민을 하며
없는 나를 지켜보고 있구나

버림

간곡히 말하는데 집착을 버려라
분별심을 버려라
알음알이를 버려라
자존심을 버려라
모든 너를 움직이는 잠재의식의
어떤 것도 버려라
모든 생각의 근본 뿌리를
완전히 뽑아버려라

버린다고 죽지 않는다
버린다고 잃지 않는다
버리면 더 큰 것을 얻을 수 있다
이것을 정녕 버리지 못하면
도통이 되지 않는다
평화로운 너를 찾을 수 없다
바로 도통하면 부처가 되는 길일진대
너는 왜 버리지 못하느냐

여태껏 살아오면서 많은 번뇌해 봤잖느냐

부질없는 것이
너를 이롭게 한 것이 무엇이었느냐
하나의 보탬도 이익 됨이 없었던 것을
왜 놓지 못하느냐

지금 이 순간 놓아라
앞으로도 번뇌와 계속 싸울 것이냐
천진난만하라
동자가 되라
아무것도 모르는 사람이 되라
알려고 하는 것도 놓아라
잔머리를 돌리지 마라
부귀영화도 놓아라
그것은 너를 병들게 하는 최고의 적이다

모든 일에는 단계가 있듯이
네가 도통하려고 생각하면 버리는 것을
행동화하지 못하고는 절대로 되지 않는다

그것이 정녕 놓이지 않으면
앞서 간 수많은 이를 한번 보자
일세의 영웅도

만고의 성인도 그들이 지금 살아 있느냐
모든 것이 영원하더냐

모두 지나간 허무한 꿈인 것을
지금 이 순간 부질없는 너의 모든 것
진정으로 없애라
없애면 너는 영원한 너를 찾는다

그 값진 보배를 너는 찾아야 하고
사람으로 태어났을 때 찾아야 한다
사람이 아니고선 절대로 찾지 못하니
또 모든 것엔 기회가 있듯이
이 순간 놓지 않으면
너는 영원히 영원히 기회를 놓치는 것이다

시간은 나를 위하여 늘어지지 않으니
아 깨침이 없음은 누구의 허물인고

방황

진리에 헤매는 자는 진리에 헤매고
믿음에 헤매는 자는 믿음에 헤매고
이들이 참을 몰라 방황하건만

믿음이 사람을 병들게 하고
진리 또한 사람을 병들게 하나
참이란 도대체 무엇인지
이 세상 사람이 알지 못하지
하늘은 말없이 가만히 있으니
하늘의 참뜻 알 길 없고

인간만이 분주히 떠도는 가운데
인간에게 하늘의 선물 갖다 주어도
인간은 뜻도 모르고 살아만 가니
인간이 세상에서 어리석구나

인간이 아는 것은 몸 보존하는 것
그것은 이미 가진 것인데
그것이 전부인 줄 알고 살아가니

세상 사람이 어리석은 것은
하늘의 참뜻 진정 전해도
이것마저 거부해서 사람의 갈 길 없으니
하늘에서 보니 통탄치 않을 수 없구나

하늘은 원래 말이 없으나
모든 만상과 모든 만상의 행(行)이
하늘에서 나오니
하늘에서 만든 만상은
하늘에서 만든 만행은
하늘이니 같음이나

참 하늘의 참뜻을 사람 속에서 내놓으니
사람은 참을 알려고 하지 않고
저희 마음속에서 내놓은 거짓에 속고
또 속아서 참마저 참인 줄 모르는구나

사람들아 꿈 깨어라
너와 나는 꿈을 깨고 함께 일어서야지
하늘이 언제 온다고 이야기하더냐
하늘이 언제 왔다고 하더냐

참은 요란하지도 않고 참은 말이 없으니
너희가 더더욱 모르고
인생을 향유하며 사는 삶에
너의 업에서 헤어나지도 못하니
이 세상에서 가지려고 하던 자나
가진 자나 모두가 하나의 짐이 되니
그 짐이 사람을 바르게 걷지 못하게 하고
바르지도 못하니

진리란 어디서 와서 어디로 감이 아니요
원래 없지도 않았고 있지도 않았건만
사람들은 그 진리를 찾는다 법석이고
그 진리에 매이어 감정 평가 하려 하지

우매한 이가 우매하다는 것은
하나의 관념 때문에 없음이 아니고 있음이니
그 있음으로 인해 자기가 패망이 되고
신세타령만 하니
신세타령은 저가 하지 누가 하라고도
하지 말라고도 하지 않았다
이 세상서 존귀하고 고귀한 것이란
마음 없이 사는 사람이니

그 마음 없는 이 찾을 줄 아는 자가

최고의 복된 자라

번뇌

사람들은 모두가 그리움을 안고 살지
무엇을 위하여 살아야 하는지 알지 못한 채

웃고 울고 떠들고 한숨 쉬며
세상을 살아간다

세월 따라 슬픔은 모두 지나갔건만
저만이 그 가짐을 가지고 살아간다

하늘이란 원래가 있는 그대로이니
천지 만상만물은 일체 가짐이 없다

하늘에는 슬픈 사연이 일체 없건만
사람만이 수많은 번뇌를 가지고

사람만이 괜히 생각하고 생각하며
쓸데없이 번뇌를 만들어 살아간다

미륵천

인생 살며 한가한 마음만 가지고 사는 삶은
게으르고 못쓴다고 배우지

그러나 그 말이 맞기도 맞지만
가진 마음 그대로이어도
그 속에 내가 있지 않을 때
참의 세상에 사는 것이지

만상이 나왔다
만상이 나온 곳이다
사람들이 말을 해도 철없는 말이지

나옴도 아니요 그대로의 것인데도
움직이고 변해간다고
이것저것에 인간이 분별하는 눈만 가지니
만상은 하나의 것이 아닌 수만 가지가 되고
수만의 망념망상 속에 인간이 살지

인간아 이제는 참 지혜를 가질 때다

참 지혜는 앎이 아니냐

참 앎은 기억되는 힘의 하나인
사람 머리로 앎이 아니어야 하지
그것은 네가 느끼고 앎이고
그것은 너의 체험의 앎이지

뱀 같은 마음으로 하늘을 쳐다본다
하늘의 미륵천 하나님 나라
정도령 나라는 아이 이름이 아니다

수많은 전생 속에 그것을 벗어야
하늘에 이를 수 있는 것이나
사람들은 하나의 얕은 머리로
하늘에 닿아보려고 한다

마음으로 회개하고 진심이어야
하늘에 닿을 수 있는 것을
머리로 생각하고 미륵천만 본다

미륵천은 저의 생각에 있지 않다
미륵천은 저를 바쳐야

찾을 수 있는 걸 모르고 찾는단다

수많은 업에 쌓여 미륵천만 탐하구나
수많은 번뇌 속에 미륵천만 탐하구나

천국이란

천국이란
하늘나라지
하늘나라는 하늘에 있지
하늘나라는 마음에 있지

사람의 마음과 하늘이
달리 있음이 아니나
사람은 마음이 하늘임을 모르니
천국이 어디 있는지 알지 못하지

천국은 마음 가운데 있고
일체의 개체가 없는 마음이 천국이지
천국은 가짐이 없는 마음이 천국이지
천국은 하늘 본래의 근원 자리를 말하지

일체 내가 없으면
누구나 천국에서 살 수 있지

꿈

꿈이란 마음속에 있지
아름다운 꿈도 마음속에
비참한 꿈도 마음속에
꿈은 마음속에 있으나
그 꿈이 다 이루어짐이 아니지
사람이 가지는 하나의 망상이지

꿈이란 하늘 가운데 있고
꿈이란 사람 가운데 있다 해도 같은 말이지
사람이 이 뜻을 모르지
이 말은 하늘과 사람이
달리 있음 아니라는 것이지

인간은 이런 가운데
한세월 살다가 세상 가니
가는 곳 모르고 모르지
언제 누가 꿈꾼지도
언제 누가 살았는지도 모르는 가운데
저만 잘나 조잘거리지

꿈은 하나의 가짐의 표현이지
도 득하면 그 바람 속에 있지 않아야 하지
바람이란 하나의 생각이니 생각이 없고
그냥 있고 삶 속에 있지 않아야 하지

사람만이 이것저것 따지고
사람만이 생각하고
꿈을 먹고 사는 인생 삶 살다
사람은 저세상 가지
그것도 아는 것 하나 없지

언제 세상 살았는지도 모르고
의문 있으나 답할 이 없어도
항의하지 못하고 저만 고민하다 죽지
소박한 기대로 죽은 가족이
다시 만난다는 기대를 가지기도 하지
삶이란 이런 가운데 늙어가고
사람은 뜻도 의미도 모르고 죽지

사람만이 무엇 때문에 사는지 모르고
사람이 먹고살다 죽는 것밖에 없는데
사는 삶은 수십만 가지의

포부와 계획을 세우고
시기 질투 번뇌 하다 죽지

사람은 앎이 없어서지
사람은 그냥 살기만 하는 진리 모르지

세상의 등불이 밝아
이 이치 세상 사람에게 전하여도
눈이 없어 보지 못하고
귀가 없어 듣지 못하니
마음으로 보는 눈과 귀가 있어야지
마음은 하나이나
사람이 만드는 마음은 자기의 생각이고
생각이 낳은 삶에 의한 업습이 문제이지

사람은 스스로 짓는 마음속에
참을 모르고 알지도 못하지
인간은 그냥 그렇게 살았지
그러나 바름이란 지금 세상에 있지
바름이란 하늘을 앎이고
하늘 행(行)을 하는 것이지

하늘

하늘의 마음은 화평이고
가짐 없는 마음이 하나가 되니
가짐이 일체 없고 화평만 있어라

나는 지금 세상 사람과 함께 살면서
세상 사람 모두가 하루빨리
지혜로 살기를 바라고 있지

나의 생각은 일체 하나도 없지만
가진 것이라고는 사람들에게
참을 알게 하려는 생각뿐이지

사람들아 사람들아
세상을 살며 하늘나라
하늘의 뜻을 알고 살아야지

무엇이 참의 삶인지
사람이 알고 살아가야지
엉터리 사람 말에 속고 살면

세상이 하나 된다는
말의 뜻을 언제 알 것인가

가짐 없는 마음으로
순수한 어린애가 되어
함께 하늘에 들어보자꾸나

참세상

하늘의 말씀이란
마음 없는 사람의 말이지

사람의 마음이 없으려면
개체의 가짐이 없고
일체의 아(我)가 없어야 하지

일체의 아가 없으려면
가짐이 없고 삶 속에 있지 않음이지

사람은 누구나 한세상 살지만
마음을 가짐 없이 사는 것은 드문 일이지

드물다고 하는 것은 없었다는 것이고
없었다는 것은 방법을 몰라서이고

또 방법이 있다 해도
그 방법이 옳은지 그른지 분별치 못하니
그저 먹고 자고 배설하며 사는 것이

사는 것이라 착각하며 살아가니
한심할 뿐이다

인생을 논하려면 인생의 근본 이치를 알고
인생의 참뜻을 알아야 한다

인생의 참뜻은
먼 곳에 있음이 아니고 마음속에 있으나

사람의 마음이 어두워
참마음이 보이지 않으니
그 참의 뜻을 알 수가 없는 것이다

사람은 흐르는 세월과 더불어 생을 살며
저 스스로 짓고 부수고 생각하다
저세상 가지만

저세상과 이 세상이
달리 있음이 아닌 하나이고
가고 올 곳도 따로 있는 것이 아니라
사람 마음 가운데 일체가 있으며
그 마음 또한 하늘인 것이다

하늘이 밖에 멀리 있는 게 아니라
바로 내 속에 있고 내 마음 가운데 존재하니

사람이 하늘의 주인인 것이고
실상 비실상 모든 것의 주인인 것이다

사람 마음이 짓고 부수는 것이나
사람 마음이 곧 하늘이니

근본심을 알고 하나인 하늘에 닿아
신으로 영생함도 또한 마음 가운데 있다

그 마음 가운데란
다름 아닌 나의 생각이 일체 없는 곳이고

무(無)에서 실(實)인 유가 존재하는 곳이며
사람의 마음이고 신계인 것이다

신계는 사람의 실상이
실제로 존재하는 곳으로
마음 가운데 있고 또 진리의 세계에도 있다

사람이 세상에 나서 살며 저 혼자 짓고
부수며 번뇌하지 실세계는 없는 것이다

마음에 가짐 없으면
그것이 참마음이고

사람이 번뇌 없이 살 듯이
실세계에서도 사람의 형체 없이

사람의 업습을 벗고 사는 곳이 신계이고
이곳이 실상세계이다

이곳의 권능자가 세상에 와도
사람은 아는 것이 없고

옳고 그름을 판단할 수 있는 지혜가 없으니
이것이 문제인 것이다

실상세계는 현재도 존재하고
실상세계는 권능자의 뜻에 의하는데

사람의 마음이 바르지 못하니

이것을 알 수가 없는 것이다

사람은 저마다의 생각이 자기인 줄 아나
생각이 있는 그 자체가
바름이 아닌 줄을 모른다

생각이 없이 스스로 행해지는 것이
참인 줄 사람이 모르고

그 생각을 낳게 한 업습이
바름인 줄 알고 살아가니

이 세상은 잘못돼도
한참 잘못되었다

나는 일찍이 이 세상에 와서 살았으나
그 삶 속에 빠지지 않은 채 살았고
앞으로도 그렇게 살아갈 것인즉
이것이 참 생을 사는 것이다

사람들이 무엇이 바름인 줄 모르는 이유는
깨치지를 못하였고

그것을 가르칠 자가 없었기 때문이다

사람의 삶에 있어 바름이 넓으면 넓을수록
천상세계 또한 바름의 넓음이 같고

사람 삶이 어두우면
천상세계도 어두워진다

이 세상에 사는 사람들은
죽은 후 좋은 곳에 가서
영원하고 복된 삶을 살고자 한다

우주의 순리는 사람의 삶을
이 생에 그치게 하지 않고
영원하고 영구하게 하기 위하여
원래부터 완전 세계를 존립케 하였고
모두가 하나 되는 세상이
땅에서 이루어진 만큼
하늘에서도 이루어지게 한 것이다

실상세계는 권능자가 새로이 건설하여
사람이 스스로 가지 못하고

권능자에 의해 가고
또 부활하여 영생하는 세계이다

전체이면서 개체이고
개체이면서 전체인 것이 새 하늘이다

사람 마음이 전체이나
사람이 살아온 업습이 있어

어딘가에 정착하지를 못하니
그 정착하고 살 곳이 새 하늘이다

마음 가운데 다시 말해 실상세계에
내가 있으면 죽은 후 그곳에
쉽게 찾아갈 수가 있다

실제는 여기저기에도 속하지 않고
살아가는 곳이다

실세계는 지금의 삶이나 다름없으나
사람의 생각이 없는 곳이고
습에 젖어 있지 않은 곳이다

사람이 업습을 가지는 것은
먹고삶의 방편에서 온 것이 많으나
그곳은 일체가 없는 곳이다

하늘에서는 형체와 살면서 가지는 마음은
서로가 다름이 아니므로

세상 살면서 쌓은 공덕만큼
자기가 설 자리가 확실하고
또 이룬 것만큼 그대로 된다는 뜻이다

이것이 새로운 법이고
이것이 바른 세계이다

세상에는 수만 가지의 것들이 내가 있어
슬프게도 보이고 기쁘게도 보이나

실제는 모두가 바른 세상에는
그것마저 없으니 그지없이 편안하고
이것저것에도 속하지 않는다는 이야기다

사람이 이것저것에 속함은

스스로가 만든 것이고

사람이 생각하는 것은 가짐이니 그러하나
실상세계는 그렇지 않다는 것이다

실상세계는 모두가 하나이고
너나가 없으며
영구히 존립하는 곳이 신계다

신계는 사람의 마음 가운데 있고
그곳은 바로 자기 없는 곳이니

여기저기에 있음이 아닌 바로 여기이고
자기 속에 영구히 존립하며 있는 곳이다

맑은 못 속에 떠 있는 산은 산이 아니고
보는 산 또한 산이 아니다
진정한 산은 마음속에 있는 것이고
그 산이야말로 참 산인 것이다

그 산은 마음 가운데 있고
또 영구히 있다

모든 것이 근본심의 바탕에 실제로 내재된
실의 세상이 바로 새 하늘이다

거리에 관계없이
모두가 아니 있는 곳이 없고

그러나 또 개체는 개체이면서
전체의 순리에 적응하는 곳이다

마음이란 것은 저절로요 그대로가 진리이나
이것이 마음세계의 참인 줄을

사람은 보이지 않으니 모르고 있을 따름이다
이것이 하늘의 이치고 진리고 또 참이다

하늘에 어여삐 핀 꽃은
하늘나라에 있는 꽃이건만
사람의 눈으로 보이지도 잡히지도 않으니
그 꽃을 보지 못하는 이는 가치 없다 하네

차후에 사는 사람들은 모두 다
마음이 유리 같아 모든 걸 볼 수가 있지

하늘은 하늘 속에 모든 세상의 이치를
아로새겨 가지고 있지만

사람의 마음에 때가 있어
그 이치를 보지 못할 뿐이지

때 묻은 마음이란 원래 마음이 없는 것이니
그 이치를 알면 때 묻지가 않지

깨달음

세상의 모든 일은
하나의 물거품이다

세상사는 자기가 만들고 짓고 부수고
자기의 생각에 의해 결정되어지는 것이니

결정은 하나의 사람의 생각이라
인생을 이렇게도 저렇게도 살아간다

사람들의 마음은 수십만 가지이니
수십만 가지는 개체가 가지는 마음이라

이 마음이 나온 곳은 원래는 없으나
환경에 의하여 나오고

환경에 의하여 결정되어지니
환경이란 삶에 의하여 있어진 삶이다

인생은 이렇게 저렇게 삶을 살지만

모두가 또한 부질없는 것이다
그 삶이 삶이 아닐 때는
또 기쁨이고 행복이지

깨친 자가 인간의 입장에서 보면
인생이 허무한 것이나

깨친 자는 그 속에 들어 있지 않고
항시 없는 가운데 행복을 가지고 있지

행복이란 가진 마음이 없을 때 일어나고
행복이란 걱정이 없는 것이지

가진 마음이란 집착이고 기억된 것인데
인간이 이 짐을 벗지 못하니

이 짐을 벗으려면 무엇보다도 중요한 것은
자기의 상념체를 벗어던짐이지

상념체라고 하는 것은 삶이 있어 만들어진
자기 속에 내재되어 있는 기억된 생각이다

이 상념체를 벗어던지려면 우주의 허공에서
하나하나 벗어던지는 것이다

이것이 상념체를 벗어던지는 최상의 방법이고
진리가 무엇인지를 아는 가장 빠른 길이다

사람이 진리를 알지 못하는 것은
인간이 가진 마음이 있기 때문이다

그 가진 마음을 벗어던짐은 자기가 없음이다
자기를 없애는 방법은 자기의 생각과 몸을
일체 죽여버리는 것이다

하늘은 아무것도 없는 것이 하늘이나
사람은 자기가 있어 수만 가지를 만든다

사람은 원래 완전함인데 그렇지 못한 것은
가짐이 있어 자기가 있기 때문이다

사람에게 원죄란 이 세상에 태어나는 순간
가짐의 길로 들어서니
그것이 원죄의 시작이다

원죄란 다름 아닌 완전한 사람으로
살지 않으니 원죄인 것이다

천지창조 시 하늘이 사람을 낼 때
완전하게 내었으나
사람의 몸이 있어 삶을 살다 보니
사람이 가지는 상념체에 사람 스스로를 매어
완전한 삶을 살지 못하고 있는 것이다

왜 그렇게 되었느냐 하면
사람이 지혜가 없고 가짐이 있어서 그렇다
사람에게 죄업이 없다는 것을 알 수 있게
하려면 본래를 알 수 있게 하면 된다

본래는 그냥 있으나 사람이 모르고 있기에
깨달음이 필요한 것이다
이 세상의 사람들이 지혜가 없는 것은
하나의 말과 경(經)에 매여 있어
참을 보지 못하고
상념체에 자기를 묶어두고 있기 때문이지

경은 바름이나 그것을 알려면 깨쳐야 하지

경은 진리가 있다는 것을 가르쳐주는 것이므로
그것은 진리가 아니지

진리는 진리를 찾을 때 진리이지
그러나 사람들은 하늘의 뜻을 모르고
모두 걱정으로 세상을 살아가고 있지

하늘 사람 달리 있음 아니건만
사람들 하늘 사람 달리 보니 그것이 문제이지

드높고 끝이 없는 우주지만
내 마음 네 마음이 우주임을 알면
신계가 쉽게 풀리지

이 말의 뜻은 내 마음이 우주이고 신계이고
그 속에 내가 있다는 것이지

허상

하늘 가운데 있는 세상은
하늘과 달리 있음이 아니고
하늘과 세상이 하나이어라

하나의 세상이 있으니
세상만이 있는 줄로 아나
하늘이 세상이고 세상이 하늘인 이치
이것이 진리이니

진리라는 것은
없는 가운데 스스로 존재하는 것이지
있다 없다는 인간이 만들지

실제는 세상이 나옴도 있음도 아니고
진리는 항상 그대로 있을 뿐이지
사람 마음만이 분주히 세상을 만들고 있지

세상의 모든 것은 하나의 순리에 의하여
왔다 갔다 하지만

사람만이 그것을 생각하고
번뇌 지으며 살 뿐이다

사람이 빛 찾아 사는 삶은
영원하고 참이고 진리이니
그 빛은 하늘 가운데 있음을
사람이 모르고 있지

모(母)

인생은 빛깔 없는
생을 살지만

그 생의 쉽고 어려움
인간이 만들고

인생의 부질없음
사람이 모르고

사람은 하나의
속고 삶을 살고 있지

하늘에 빈 하늘에
사람이 생각하는
텅 빈 모든 것에

있는 상이 없건만
사람의 행함이
이 하늘이다 하면

사람들은 허튼소리라 하지만

사람의 생각에 그 하늘의 참뜻 없고
사람의 생각이 하늘이 아닌 것은

하늘이 있는 것은
말이 없으니

사람들이 하늘을
이해 못하고 또 알지 못하고

사람들의 생각에 없는
그지없는 하늘에

뜻과 정 새기며
인생을 노래하고 휘파람 불며

사는 삶이 삶 중의 으뜸이라
그 뜻 사람이 모두 아는 날 언제일까

순리

우 명 지음

초판 1쇄 발행 1998. 10. 3
2판 1쇄 발행 2001. 9. 1
2판 9쇄 발행 2017. 2. 6
3판 1쇄 발행 2017. 9. 11
3판 2쇄 발행 2018. 10. 19
3판 3쇄 발행 2021. 7. 5

발행인 최창희
발행처 참출판사(주)
서울시 마포구 성미산로3길 67 우편번호 03969
전화 02.326.5210(편집) 02.326.5209(영업)
팩스 02.325.1569
E-mail chambooks@chambooks.co.kr
등록 2000. 12. 29 (제13-1147호)

표지 및 내지 그림_ 우 명

ISBN 978-89-87523-30-9
ISBN 978-89-87523-32-3(세트)

가격 8,000원